心远地自偏

〔瑞典〕

北川 著

南方出版传媒

花城出版社

中国·广州

图书在版编目（CIP）数据

心远地自偏 /（瑞典）北川著. -- 广州：花城出版
社，2019.10
ISBN 978-7-5360-9001-9

Ⅰ. ①心… Ⅱ. ①北… Ⅲ. ①散文集－瑞典－现代
Ⅳ. ①I532.65

中国版本图书馆CIP数据核字(2019)第196047号

出 版 人：肖延兵
责任编辑：郑裕敏　庞　博
营销统筹：蔡　彬
技术编辑：薛伟民　凌春梅
封面绘画：王家春
封面设计：王　茜

书　　名　心远地自偏
　　　　　XIN YUAN DI ZI PIAN
出版发行　花城出版社
　　　　　（广州市环市东路水荫路11号）
经　　销　全国新华书店
印　　刷　佛山市迎高彩印有限公司
　　　　　（佛山市顺德区陈村镇广隆工业区兴业七路9号）
开　　本　880毫米×1230毫米　32开
印　　张　7.875　1插页
字　　数　140,000字
版　　次　2019年10月第1版　2019年10月第1次印刷
定　　价　39.80元

如发现印装质量问题，请直接与印刷厂联系调换。
购书热线：020－37604658　37602954
花城出版社网站：http://www.fcph.com.cn

自　序

岁月如梭，不舍昼夜。一觉惊梦，人生已到中年。

虽然年过不惑，但智慧依然浅薄，内心依然浮躁，所惑之处，依然无量无边。所幸枕边案前，常有经史；倦旅少憩，尚喜开卷，故对于世道人心，仍能略有所知。

本书收集了我近年来的一些小文，是自己阅读经史后的心得体会，以及对一些事情的个人感悟。结集出版，一方面是向有缘的朋友介绍一下这些自言自语，另一方面也是对自己人到中年的一个小小纪念。

　　古人诗作之中，颇喜五柳先生的"结庐在人境，而无车马喧。问君何能尔，心远地自偏"。先生自身的悟境是否臻此，我不得而知，但诗中所说的"心远地自偏"，确是一种不错的心态。现代人身处闹市，无法出离，若能学得诗中一二分气息，想必也会有所受用吧。所以借此名句而做书名，愿大家都能心境悠然。

　　人之血脉，父母所赐；人之慧命，师长所续。出版一本小册子虽然不是什么了不得的大事，但若无父母师长，这一点小事我也是无法做成的。在此，特别感恩父母赐我生命，养育深恩，也特别感恩我的受业恩师四明智广先生二十年来的谆谆教诲。"孝亲尊师"这四个字我绝对没有做到，但内心的感恩是真诚的，愿父母、恩师健康长寿、吉祥如意！

　　是为序。

北川

2018年3月

目 录
Contents

第二章 ———————————— 63
北川说史

第一章

北川演易

《易》为君子谋

　　自从第一次在广州开设《易经》课，不知不觉已经过去了一年。一年中，不少朋友从之前对《易经》完全不了解，变成了现在初通易理，并且能够独立操作占筮的过程，乃至对所成之卦进行一定程度的解读，进步之大，还是很令人高兴。

　　不过呢，高兴之余，还是想写一点文字，来谈谈容易引起的误会，虽然之前也谈过很多次，但总觉得还是没有谈透，毕竟《易经》这本书，太容易引起误会。

　　其实我也一直在想，为什么《易经》会引起很多误会？后来慢慢觉得有点想明白了。那就是，对于绝大部分人来说，说起《易经》，大家都会觉得其重点在于"算"，即预测未来的吉凶祸福；殊不知，哪怕《易》本来有预测的功用，甚至一开始就是因预测而产生，但当它上升到"经"的层面时，它的重点已经不在"算"，而在于"修"。

　　这个"修"，大家不能理解为"修仙"，如果这样去理解，那基本上和"算"也没什么区别，甚至显得更神叨。这里的"修"，应该理解为"修身明理",即对自己的内心进行净化,对自己的智慧进行提升的意思。

如果这么说有点绕,那就换个说法:假设你听到《论语》,你的第一反应是什么?是"修"还是"算"?我相信应该是"修"。因为我们中国人都会知道,《论语》是儒家的重要经典,讲了很多修身立德的内容。一个人如果在学习《论语》,那大家都会觉得他是在学习修身之道,要努力做个道德君子;但如果一个人在学《易经》,绝大部分人都会认为他要学做半仙。但其实,《易经》和《论语》,是一回事。如果学《论语》是为了修身明理,那么学《易经》,根本的目的也是一样。

《易经》一书的起源,说法很多,至今也没有一个绝对权威的说法,一般认为,这和上古时代的预测术有关,是一本专门用于占问吉凶祸福的书,其内容也不是一开始就是今天看到的那样,而是经过了长时间、很多人的不断增删,直到汉朝才基本确定今天我们看到的版本。对于这个说法,我本人也表示谨慎赞同,毕竟如果抛开情怀,仅就考古的证据来说,这个解释是最合理的。

但是,就是这么一本所谓算命的书,到了春秋时代,经过以孔子为代表的一些思想家的解读,其中的内容被升华了,或者说,其中本来就蕴含的宇宙人生的大道,被提炼出来了。它从纯粹的预测之书,变成了兼具修齐治平的智能和为人处世德行的书,从而使得读这本书,不仅可以学会预测未来,还可以学会如何修齐治平、为人处世。也是因为这个原因,汉朝立国后,设立五经博士,《易经》名列其中，和《诗经》《尚书》《礼记》《春秋》一起，成为当时想要成为朝廷官员的读书人的课程之一。

讲到这里，可能大家就明白了我前面说的《易经》的重点在修而不在算。古代朝廷固然有专门从事占卜工作的人，但这些人绝对不是从跟随五经博士学习的人中去选拔的。五经博士的弟子，都是将来要做朝廷官员的读书人，他们所学的重点，当然是在修身明理，因为朝堂上需要的不是一批能掐会算的神棍，而是一批有道德、有文化、有智慧的读书明理之人。

按说有了汉朝这么好的一个开端，《易经》的名声不应该是现在这样的啊，那为什么到了两千多年后的今天，我们谈起《易经》，都觉得是一本算命、神叨、玄奥，乃至不靠谱的书呢？

要说呢，也要怪《易经》自己先天不足，虽然其思想经过升华，但书中的预测功能，却始终没有丢失。其中最基本的概念八卦，这八个符号，被牢牢地传承了下来，而且后世的很多知名预测术，都是以这八个符号作为最根本的元素，在这八个符号上面发展起来的。也正是因为这个原因，后世的很多预测术都不太用到《易经》的经文，自然也就没什么修齐治平的智慧可言，但由于这些预测术都与"八卦"这八个符号有千丝万缕的联系，而八卦又是《易经》的根基，所以后世的人们，一谈及《易经》，就会想到预测，想到算命。

也正是基于此，历代的读书人们，总是要千方百计地把《易经》的智慧和民间的预测术区分开来，要人明白预测吉凶祸福的能力，和为人处世的德行、修齐治平的智慧，是两码事。若是仅仅精通前者而不知道后者，那只能去街边摆摊卖卦，而无法立足朝堂。

到了北宋，著名的大儒张载更是直接提出了"易为君子谋"这个概念，算是把《易经》真正重视的智慧与德行，和预测吉凶的能力，做了一个很明显的区分。

张载是在他的著作《正蒙·大易篇》中提出这个概念的，全文是这样的："易为君子谋，不为小人谋，故撰德于卦，虽爻有小大，及系辞其爻，必谕之以君子之义。"

这段话的意思就是说，《易经》的智慧是为了君子而谋划的，因为君子内心刚正，所以他要做的事情，都是堂堂正正之事。反之，小人内心卑劣，多有恶行，所以，《易经》的智慧无法为其谋划。

为什么呢？因为每一卦的爻虽然都分阴阳，阴小阳大，但其爻辞必定会以君子之义来晓以大义，避免使人犯下小人的过失。

也就是说，《易经》的智慧，不仅仅是教人一些方法，更重要的是要把人导向光明的一面，那么这样的经文，对于内心阴暗、欲行恶事的小人来说，自然就起不到什么作用了。

春秋时期鲁国的南蒯，想要谋逆，问卦于《易经》，得到坤之比，经文告诉他，要柔顺、方正、为善，才会吉祥，这明显和南蒯想要做的事情不符，也就不可能去帮助南蒯行谋逆之事了。就好比说你想要做点坏事，起卦问是否顺利，然后经文告诉你要做好事才吉祥，这岂止是没有回答你的问题，简直就是煞风景。估计很多人看了这样的经文，连做坏事的心情都被破坏了。

张载所处的宋朝，各种民间的预测术非常兴盛，很多都是建立在八卦的基础上，却和《易经》的经文没有什么联系。估计在那个时候，很多人就已经对《易经》真正的价值不了解了，所以张载才会如此直白地来表述。

而到了明末，另一位大儒王夫之，则是在张载的基础之上，把话说得更白、更透，虽然显得简单粗暴，却也直截了当，其要表达的意思，非常清楚。

王夫之在《正蒙注》中这样说：

《火珠林》之类，有吉凶，无善恶，小人资之谋利，君子取之，窃所未安。

……（周易）不但言吉凶，而必明乎得失之原。乾也曰利贞，况其余乎。贞虽或凶，未有言利而不贞者也。

……

有小人之爻，而圣人必系之以君子之辞。剥之六五，阴僭之极，而告之以贯鱼之义。或使君子治小人，或使小人知惧，不徇其失，而以幸为吉。若《火珠林》之类，谋利计功，盗贼可以问利害，乃小人徼幸之术，君子所深恶也。

这段比较长，我简单归纳一下。王夫之的意思是说，像《火珠林》这样的民间预测术，虽然能精准预测吉凶，但却无善恶之辩，哪怕是盗贼这样的恶人，也可以用此来行恶事。但反观《易经》则不然，不但讲了吉凶祸福，还讲了吉凶根本的原因在善恶是非，哪怕是小人之爻，圣贤也会从道德智慧的角度来进行诠释，以提醒人们断恶向善，这就是《易经》和其他预测术的根本区别。

王夫之说的《火珠林》，大约是在宋代开始盛行，是在汉代京房易的基础之上发展而来，现今流行的很多预测术，如"六爻""文王卦""金钱课"之类的，其源头都是《火珠林》。这些预测术在民间很盛行，也常和《易经》混淆，因此也受到儒者的排斥。宋明之后的许多大儒也都在各自的著作中公开抨击这种算命法，极力要把他们读的《易经》与这种江湖数术划清界限。

当然，我在这里并不是说除了《易经》古法以外的预测术都不好，都是小人之术，我并没有这样说。我只是想让大家知道，当《易》上升为"经"的时候，它对道德和智慧的推崇，已经远远超过了对预测精准的推崇，至少在孔子以后，《易经》已经首先是一本修身明理之书，其次才是预测之书。

其实前面啰啰嗦嗦讲了这么多，最后就是想讲这么一句话。重要的话，再说一遍：

《易经》，至少在孔子以后，它首先是一本修身明理之书，其次才是一本预测之书。

曾国藩的匪夷所思

换卦是《易经》的第五十九卦，它的基本形状是上面一个巽卦，下面是一个坎卦，即外部是一个巽卦，而内部是一个坎卦。

一般来说，在《易经》中，坎卦代表困难、阻碍、危险、忧心，是一个比较凶的卦。而在上下相叠的卦中，坎卦在内，尤为不佳。因为这代表危险、困难在内部，明显比在外面更加令人忧心。

不过呢，换卦的内部虽然是一个坎卦，但却相对不是那么凶险，因为在外部还有一个巽卦。巽代表风，能吹散坎险；又代表舟楫，能渡过坎水，所以当坎卦在内而巽卦在外时，整个《涣》卦的卦意，倒不是那么凶险的，基本是代表了危机涣散、逢凶化吉的意思。

所以，我们去读涣卦的经文，能够体会到一种当事人处在危机之中，但逐渐得以化解的感觉，这也是卦名为"涣"的原因。

在这一卦的六爻中，我觉得第四爻的爻辞是比较有意思的，而正好以为古人的行为，也恰好呈现了这一爻的内容，所以今天拿来和大家分享。

涣卦的六四爻辞说："涣其群，元吉。涣有丘，匪夷所思。"要解释这一句爻辞，直译会有点让人不知所云，所以我们以直、意兼用的方式，结合爻象，来看看这一爻在说什么。

首先来看一下六四爻的位置。四位是高管、重臣的位置，以阴爻居之，上承九五之君，代表这是一位柔和、忠心的属下，并非跋扈的权臣。

那么，在这个位置上，又当涣卦的大背景，所以爻辞中所说的"涣其群"，就是指这个重臣虽然得到了自己很多属下的拥戴，但他心存大局，不拉帮结派，不搞小团体，不以有个人势力为荣，反而解散了自己的势力。这个解散小群体的动作，在卦上的显示则是六四爻和初六爻没有相应，用以表示六四爻在下无私。因为他的这种行为，一方面克服了自己的私心，另一方面也打消了九五君主的疑虑，故而能获得"元吉"的结果。

事情到这里还没结束，因为爻辞接着又说："涣有丘，匪夷所思。"字面意思是说，涣散了自己的势力之后，又建起了一座山丘，这真是匪夷所思啊。

这里的山丘，一方面是指六三、六四、九五这三爻组成了艮卦，艮为山；另一方面，则指六四爻废个人之私，而以重臣的身份辅佐九五之君建起国家之山，利益了整个国家。这种损私益公的做法，对一般人来说，实在难得，故爻辞也发出了"匪夷所思"的感慨。

再简单重复一下涣卦六四爻的爻辞寓意，就是一位国家重臣，在下无私（和初六爻不相应），对上恭顺（上承九五爻），不结党营私（"涣其群"），反而一心为公（"涣有丘"）。这样的行为，一方面固然可得大吉祥（"元吉"），另一方面也非一般人所能做到（"匪夷所思"）。

学过《易经》的朋友应该知道，四位是多忧多惧之位，一般很少会有吉祥的爻辞，能捞个"无咎"的结论，已经是不错了，很多四爻，往往都是凶辞。但涣卦的六四爻，居然是"元吉"，这的确是"匪夷所思"了。

究其原因，也就是因为他柔顺当位、存公废私，中国文化的观点认为，这样的人，这样的做法，能够得到吉祥的结果。

基本讲完涣卦六四爻的含义后，再来谈谈我读这条经文时想到的一位古人，他就是被后人经常提及的晚清中兴名臣之首——曾国藩。

曾国藩一生的经历很丰富，也很复杂，我觉得能和涣卦六四爻相对应的经历，当属他在平定太平天国后的一系列做法，以及一直到今天，我们对于曾国藩的评价。

清同治三年（1864年），湘军攻破了被太平军占领了十二年的南京城，标志着太平天国的灭亡。这一场历时十四年，席卷了大半个中国的农民起义，其规模之浩大、破坏之严重，在当时是史无前例的。而曾国藩作为朝廷委任的平定这场动乱的"项目经理"，当一切尘埃落定之后，其功绩、声望、权力、实力，都达到了一个前所未有的高度。于是乎，中国历史上反复出现的、名为"权臣改朝"的一幕，又开始在一些人心中浮现，他们要推动曾国藩，把这一幕去再演一次。

当时的曾国藩，独揽四省的军政财权，手中的三十万湘军，都是久历战阵的虎狼之师，加之他是清朝开国两百多年以来第一位身居高位、手握实权的汉臣，所以不少人希望他能够凭借在平定太平天国运动中获得的声望和实力，以及汉人的背景，去推翻看似孱弱的清政权，恢复汉家天下。

有这样想法的人不在少数，据说曾国藩在出任湘军统帅的十几年中，有四次被人劝谏利用手中的实力去称帝，其中尤以攻破南京后，呼声最高。不过，面对这些群众的呼声，曾国藩并没有为之所动，否则我们今天的历史书就都得改写了。

曾国藩非但没有以权臣的身份去改朝称帝，相反，他在平定太平天国之后，主动解散了自己的势力，并向朝廷示忠。他解散了大部分的湘军，放弃了军权，强令攻破天京的首功之臣——自己的九弟曾国荃回家"养病"，并向朝廷建议尽快恢复江南地区的科考，以安抚士子，重新树立朝廷在江南读书人心中的威望，如此种种行为，是为"涣其群"。

此后，曾国藩又活了八年，直到同治十一年在两江总督任上安然去世。在这八年期间，他督办剿捻、处理天津教案、筹建江南造船厂、推动中国学生首次海外留学，等等，为国家做了很多事情。在他的带领下，晚清的洋务运动搞得风生水起，如此种种，是为"涣有丘"。

曾国藩的这些表现，不仅在他生前保住了本人和家族的荣华，更在其身后为自己和整个曾氏家族赢得了极大的声誉和认同。太平天国灭亡后，曾国藩封侯拜相、官居一品。他六十岁生日时，同治皇帝亲赐"勋高柱石"的匾额；而他去世后，清廷为之辍朝三日，并赐予"文正"的谥号，这是文臣极大的荣耀。一百多年以来，佩服曾国藩，并以他和其家族为榜样，效仿学习的人，非常之多，甚至包括国共两党的领袖毛泽东和蒋介石。而到了当代，更有"两个半圣人"的说法，将曾国藩和孔子、王阳明并列，这样的生前身后待遇，是为"元吉"，又是"匪夷所思"。

当然，很多人可能会说，曾国藩不称帝，并非因为他真的忠君爱国，毫无私心，而是条件不成熟，没有把握。诚然，以当时情况，如果觉得曾国藩称帝会成功，那也是比较没有头脑的看法。但我这里想说的是，曾国藩在攻破南京后的行为，以及之后的表现，确实和涣卦六四爻的爻辞非常相像，大家如果想要准确理解涣卦六四爻的爻辞，对照一下同治三年以后曾国藩的表现以及一直到今天世人对他的评价，就可以了解一个大概了。至于曾国藩为什么不称帝，是真正的忠君还是有其他的原因，则不在本文的探讨范畴之内吧。

吉祥的黄色裙子

公元前531年的某一天，鲁国有一个中年男子，正在紧张而笨拙地摆弄着五十根蓍草，他正在占卜，为了一件很重大的事情而占卜。

经过一阵手忙脚乱的折腾，这个看上去对占卜不太专业的男子终于得到了一个卦，卦中有一个变爻。他轻轻抹了抹脑门上的汗，小心翼翼地打开了身边的《易经》，开始查找他刚刚得到的那一卦和那个变爻。

终于，他查到了。当他看到解释那一爻的经文时，那个瞬间，他不禁瞪大了双眼，继而呼吸急促，露出了既兴奋，又有点不敢相信的神情。他揉了揉眼睛，再次把经文仔细地看了一遍，以确保自己没有看错。没错，就是这句！这次，他终于再也无法抑制自己的狂喜，仰天大笑，桌上的五十根蓍草都随着他的笑声而微微震颤着。

那一句的经文是："黄裳，元吉。"

这个男子是谁？他为什么要占卜？他得到的是什么卦？那句经文到底是什么意思？不急，且听我慢慢道来。

这个中年男子，名叫南蒯（蒯，音同快。或也可以读成第三声），他是当时鲁国卿大夫季平子的家臣。对春秋时期鲁国历史有点了解的朋友都知道，鲁国自鲁桓公去世以后，公室渐渐孱弱，作为卿大夫的季孙氏、孟孙氏、叔孙氏三家逐渐强盛，乃至最后完全架空鲁君，把持了鲁国的朝政。这三家的始祖原本都是鲁桓公的儿子，因为没能继承鲁侯的爵位，故按照封建制的传统，他们都成了鲁国的卿大夫，子孙繁衍后，也都成立大家族。因为他们都是鲁桓公之后，故后世统称他们为"三桓"。

三桓之中，季孙氏的势力最为强大，土地财富也最多。家大业大的，肯定需要有不少人打理，所以，季家有不少的家臣，而本篇的主人公南蒯，就是其中之一。

话说南蒯作为季孙氏的家臣，在季孙氏的封地"费邑"这个地方做行政长官，本来也是一方的领导，自然有其风光之处。不过呢，当季孙氏家的新家督季平子即位后，情况就发生了变化。（家督这个称呼，虽然是中国发明的，但好像在中国古代用得不广，倒是日本人拿去以后，一直用得很欢。我也找不到什么好的词来描述季平子这类人的位置，什么大家长、掌门人之类都显得有点怪，所以还是用"家督"这个称呼比较熟悉，而且也有点气派。）

季平子为人很跋扈，仗着自己实力强大，谁都不放在眼里，在国内得罪了很多贵族。而一直想要从三桓手里夺回政权的鲁侯，也借此找到了机会。在鲁昭公二十五年时，昭公联合了国内的一些卿大夫讨伐三桓，却不幸战败，先后流亡到齐国和晋国，最终客死他国。昭公不在国内的七八年时间里，季平子以卿大夫的身份，在鲁国摄行君位，就是代替国君进行日常工作，他离真正的鲁国国君，就差一个正式的名分了，其气焰，可见一斑。

就是这么一个连国君都不放在眼里的主，很难想象他会对其他人爱敬存心，于是乎，他很正常地就轻慢了我们的南蒯同志。

其实南蒯在季孙氏的家族，也已经是"工二代"了，他老爸南遗就是季孙氏的家臣，当年为主家出过很多的力。而新家督季平子似乎根本不在意这些，这就让南蒯很生气：我父子两代为你们家服务，你却如此不敬重老员工，是可忍，孰不可忍？（巧的是，另一个人也曾经对季孙氏家族说出过如此愤慨的话，他就是大名鼎鼎的孔夫子。当然，孔老夫子说的，才是这句话最原始的出处，具体详见《论语·八佾第三》，南蒯的那句，是笔者脑补的场景。）

南蒯很生气，后果很严重。他一气之下，不是说一走了之，而是准备把主家推翻。当然，他有足够高尚的理由："三桓"，本来就是犯上忤逆的乱臣贼子，长期架空鲁侯，把持鲁国的朝政，我这么做，只是替鲁侯讨回公道，是忠义的行为。

为自己的私心找一个冠冕堂皇的理由，是一个老掉牙的套路，几千年来，却很少有人没用过。

南蒯同志虽然很生气，生气到要谋反，但他的脑子还没完全被怒火烧坏。他很清楚，仅凭他一个人的力量，根本无法撼动季孙氏，他需要更多的帮手。

于是，南蒯找到了鲁昭公的儿子，公子慭（慭，音"印"）。他对公子慭说，季孙氏专权已久，很多人都不满。现在我准备把他推翻，希望你来支持我。事成之后，季氏的家财都可以归鲁国的公室所有，而我希望能做鲁国的大夫。

季氏作为"三桓"中实力最大的一家，财富当然很多。若季氏倒台，鲁国公室除了能够夺回权力，还能发一票横财，公子慭当然愿意帮忙。至于南蒯，希望做大夫，也不算是过分的要求，公子慭觉得自己还是可以帮忙运作，所以两人一拍即合，结成了倒季同盟。

随后，南蒯又联合了一向和季孙氏不对付的鲁国大夫叔仲穆子等人，在朝堂内形成了一股反对季平子的力量。

可能是忌惮季孙氏的势力强大，也可能是平生第一回造反，所以虽然和公子慭、叔仲穆子等人结成了同盟，但南蒯同志心中还是没有足够底气，不确定自己能否战胜强大的对手。看来，他除了看得见的盟友和物质上的帮助以外，还需要精神上的鼓舞和支持。

于是，他想到了占卜，希望从天地神明那里得到信心。进而，就有了本文开头的那一幕。

南蒯得到的是坤卦，六五爻变，之卦是比卦。根据春秋时期流行的占断法，一个变爻，主要以本卦所变之爻的爻辞来占断。坤卦六五爻的爻辞就是："黄裳，元吉。"字面的大致意思就是："黄色的下裙，非常吉祥。"

最后一个吉字，很容易理解，即使是不懂古文的现代人，也知道是什么意思。但是，"黄裳"是什么鬼？"元"又做何解释？我们就有点晕菜了。就算我们知道"黄裳"是黄色的下裙，但为什么黄色的下裙就是吉祥的呢？黄色的背心呢，算凶险么？这些问题，咱现代人就更是不太清楚了。

不急，咱马上可以看到专业人士的解释。因为南蒯同志虽然是两千多年前的人，但鉴于《易经》过于玄奥，他这个非专业人士，也和我们差不多，虽然看懂了"吉"字，但对于前面"黄裳元"三字，很明显他也没吃透。所以，他去请教了一位专门学过《易经》的人：子服惠伯。

南蒯："先生，我想做一件事情，但未知吉凶如何，能否做成，所以占了一卦，不过我自己不专业，看《易经》像看天书，所以烦请先生帮我解卦。"（注意，南蒯并没有说是什么事情。想来也是，造反这种事情，岂是能随便对人泄露的。）

惠伯："好的。不知是什么卦？"

南蒯："坤之比。"

惠伯："这个……不好说啊……"

南蒯："不好说？最后不是写着'吉'么？应该是吉祥的吧？"

惠伯："不一定。因为这个吉，是有条件的。"

南蒯："条件？神马条件？"

惠伯："黄、裳、元。"

南蒯："不就是黄裙子么？这还不简单？当天我穿上黄裙子就是了。还有那个元，是什么东东？我配一个就是了。"

惠伯（有点凌乱，心想没文化真的很可怕）："不是那个意思……"

南蒯："那是几个意思？"

惠伯："所谓'黄、裳、元'的意思，就是说，如果你要办的是一件忠信的事情，则大吉大利，此事必成；但如果是一件奸险的事情，则必定失败。"

南蒯："……"

惠伯喝了口水，继续说道："黄，代表的是'中'的颜色，裳，是卑下的服饰，元，则是美善之大者。如果问卦者内心不忠，就不符合'中'的美德；在下而没有恭敬心，就和'裳'作为下饰的德行不相应；所想做的事情如果不善，就不是'元'。如果问卦者、所问之事，都不具备黄、裳、元这三德的话，那就无法得到爻辞中所说的'吉'。"

南蒯听了这段话后，脸色非常难看，心中估计也有几万头那个什么马奔驰而过。可是，那个惠伯还在那不识趣地继续说：

"《易经》是不能拿来占断恶事的，您说您想做一件事，不知道是什么事情呢？ 是需要对人掩饰的事情么？上美就是元极，中美就是黄中，下美就是裳，这三者具备，就可以筮问，就可以得到爻辞中说的'吉'，反之，则不一定啊。"

《左传》中，并没有记载南蒯那天是怎样结束和惠伯的谈话的，估计是属于不欢而散的类型。而南蒯回去以后，也并没有听从惠伯的劝告，而是继续走着他的反叛之路。

不久后，公子慭陪同鲁昭公出访晋国。那时可没有飞机，出国访问，从山东走到山西，没有个一年半载是回不来的，所以公子慭这一走，南蒯在国内一下子就失去了强援。也许是时间已经不容许南蒯等公子憖从晋国回来，也许是南蒯自己压制不住愤怒的情绪，急于要向季平子讨个说法，总之在公子憖出访后没多久，南蒯就占据费邑，投靠齐国，发动了叛变。而此时，南蒯的另一个重要盟友叔仲穆子也不在鲁国境内，他也作为使者，被派到其他国家出使去了。等叔仲穆子回国时，在途中就听闻南蒯同志叛变了，他不敢回国，也逃到齐国去了。

季平子这边，得知南蒯叛变后，毫不犹豫地派兵前往镇压。过程虽然艰苦了一些，但最终却取得了胜利，收复了费邑。南蒯叛变失败，逃亡到齐国去了。据一些史料记载，南蒯在齐国过得很不滋润，经常受到齐国君臣的鄙视。虽然我们不知道南蒯同志在齐国最终的结局是什么，但也肯定不会好到哪里去，他的人生结局，算是暗淡的。

故事讲完了，小伙伴们可能也是反应不一。有人可能会说，南蒯固然是叛变，可季平子架空主君，也不是什么好鸟啊；有人可能会说，如果要做一些所谓的"不道德"的事情，真的不能用《易经》来占卜么？有人可能关心的是：一爻变，看本卦变爻的爻辞，那二爻变呢？听说，一个卦有六个爻，哪天我要是占到一个六爻全变的卦呢？该怎么断？是不是可以去买体育彩票了？

哈哈哈，道德的问题，归道德；历史的问题，归历史；《易经》的问题，归《易经》；一码是一码，不能混了。尤其是《易经》，天书一样，三言两语，可掰扯不清楚。

还是那句话，找个时间，face to face，约么？

晋文公的初出茅庐之战

晋文公是中国历史上著名的国君，也算是大器晚成的典型。他的父亲晋献公，是晋国的一代雄主，只是在立嗣的问题上，英雄难过美人关，被宠妃设计蒙骗，对几个年长的儿子产生猜忌，使得晋国在其身后上演了老掉牙的夺位之争。结果太子申生自杀，公子夷吾和公子重耳流亡海外，晋国政坛一时血雨腥风。

最初的混乱过后，公子夷吾被迎回晋国即位，是为晋惠公。而他的兄弟重耳，则继续在外流亡，一路上途经了卫、齐、曹、宋、楚、秦等诸国，直到十九年后，才由秦穆公派人护送他回到晋国，成为国君，是为晋文公。这一年，晋文公已经六十岁了。

六十岁，一般人已经是退休的年纪，但晋文公才刚刚开始上班，所以说，人嘛，不要轻易放弃，当你觉得人生已经基本定局时，想想两千多年前的晋文公，你就会觉得，只要活下去，就还是会有希望的。

不过呢，在我最初了解到晋文公是以六十岁"高龄"而即位的时候，我确实很诧异：要知道，在中国的历史上，晋文公是以仅次于齐桓公的春秋第二霸主而得以闻名，并非以"人家退休我上班"而出名的，那么，六十岁的老头晋文公，是怎么抓住人生最后的余晖，创造出一个奇迹，并进而奠定晋国百年霸业的呢？

晋文公即位时六十岁，去世时六十九岁，短短九年的时间，他成为继齐桓公之后受到周天子和各国诸侯共同承认的第二位诸侯盟主（不要和我提宋襄公，这里没他什么事），我只能说，他这九年中，每一件事情都做得很有效率，恰到好处地踩着一个个时间节点，得以高效地称霸诸侯。

现代人听到"高效"这两个字，难免就会两眼放光，我也很高兴在我讲述的历史故事中，终于要出现一位依靠"高效率"而不是"长远心"成功的人士，否则我怀疑自己几乎都没有办法在公元后21世纪混下去，应该被送回公元前21世纪。

在听了这么多废话之后，可能大家关心的就是：晋文公是如何高效的？

咳、咳，这个，我想说，首先，他的命比较好，总能踩准历史的重要节点（这个似乎不是高效，而是搞笑）；其次，他有一帮睿智而又忠诚的得力部下（这个似乎靠谱点）；然后，就是他很尊重《易经》，重大决策都会参考《易经》的提示（噗）。

大家先别忙着喷，先听我把下面这个故事讲完。不喜欢神叨的朋友，就当是看一个灵异故事，轻松一下；愿意追求高效的朋友，则可以学习一下晋文公的决策方法，这里面有人事，有天命。

话说晋文公回国即位，是在公元前636年，就在当年，周王室发生了一件大事，这成为了晋文公走上霸主宝座的第一个历史机遇，幸运的是，晋文公踩准了这个点。

晋文公在位的年代，在周天子位置上坐着的是周襄王，这是一位非常重要的天子。说他重要，不是因为他对于重振周王室的权威做出了什么突出贡献，而是因为齐桓公、晋文公、秦穆公这三位诸侯的盟主宝座，都得到过周襄王一定形式的承认，而这种承认，恰恰是削弱周王室的威望、进一步使周室衰微下去的重要原因。当然，我们后人站着说话不腰疼，其实在周襄王当时的环境下，也没有太多的选择，换做我们回去坐他这个位置，也不见得会比他做得更好。

周襄王有一个异母的弟弟，叫王子带（因为他是天子的儿子，故称王子；诸侯的儿子，一般称公子），兄弟两人因为天子的位置，长期争斗。周襄王即位后，王子带还闹出过好几次动静，失败后还跑去齐国避难。后来周襄王的大臣建议从大局考虑，宽宥王子带，让他重新回到首都，周襄王也同意了。但是，王子带夺位之心不死，回来以后，又一直密谋作乱。

公元前636年，王子带勾结北方的狄人，进攻东周的首都洛邑，周军猝不及防，被打得大败，周襄王出逃，跑到了郑国，暂时安顿下来。

虽然暂时稳住了阵脚，但身为周天子，不能长期留在郑国，必须要回到首都洛邑去，但现在叛军势大，周襄王身边没有强力的军队，无法护驾回都，更无法消灭叛军，唯一的出路，就是号召各地诸侯勤王。

周襄王虽然身在郑国，但他很清楚，郑国太弱小，照顾自己一时的衣食住宿，还算勉强可以；要指望郑国出兵平叛，送自己回去，根本就不可能。于是，周襄王向秦、晋等大国发出了诏书，希望他们来出兵救自己。

诏书传到晋国，刚刚回国即位的晋文公犯了愁：不去吧，天子诏命，不好公开违反，而且天子确实蒙难，如果不去，这骂名也够喝一壶的，而且似乎在政治上会处于被动状态；去吧，自己刚刚回来即位，晋国内部还有很多事情要解决，自己的敌对势力也还蠢蠢欲动，如果此时自己带兵勤王，万一晋国内部出现动荡，自己辛辛苦苦流亡十九年，好不容易得来的晋国国君之位，就保不住了。

去还是不去，对这时的晋文公来说，真的是成了一个问题。

此时，有一个人站了出来，力主晋文公一定要去勤王，说明了很多勤王的好处。这个人是谁？不太好说。所谓不太好说的意思，就是史料记载有不同。在《史记》中，司马迁说这个人是赵衰，即后来的赵国始祖；而在《左传》中，则记载了这个人是狐偃。赵衰和狐偃，同为晋文公的股肱之臣，他们两人任何一个人都有可能建议勤王，不过既然我们现在讲春秋筮例，那还是尊重一下《左传》的记载，姑且把这个人当作是狐偃。

狐偃说，要想在诸侯中确立霸主的地位，那没有比去勤王更好的事情了。周室虽然衰微，但毕竟还是天下共主，场面上的东西并没有完全丧失，天下诸侯还是要维护尊王的大义。现在天子蒙难，谁如果能率先站出来勤王，则天子必定会有很高的赏赐，而诸侯们也不得不赞叹这种大义的行为，如此，则对晋国的霸业，有极大的帮助。

狐偃的话是没有错，相信晋文公也会认同。只是，现在这个时间点实在是太微妙了。如果自己不是刚刚即位，而是已经花了几年时间，坐稳了国君的宝座，那不用狐偃提醒，晋文公也会毅然奉诏，出兵勤王。但是，现在自己刚刚回国，屁股还是冷的，就要带兵出国，这个风险也太大了。如果有人趁自己不在国内，把自己赶下台，那即使周襄王想帮助自己恢复晋侯之位，恐怕也只是有心无力（周襄王自己都保不住自己，还能保晋文么？）

而且，情况现在还有点小复杂：根据晋国潜伏在秦国的情报人员汇报，秦穆公接到诏书后，已经亲自带兵向东，准备勤王了。如果晋国动作慢，被秦国抢了先，那即使出兵勤王，功劳和政治影响力都会大大降低，所以，出兵还是不出兵，必须要迅速做决断了。

万般无奈之下，晋文公长叹一口气，说道："卜、筮视之吧。"

诸位，我们现代人看见"卜、筮"这两个字，可能会觉得就是一回事，不就是算命嘛。但是，在春秋时期，卜和筮，是两码事情。所谓"卜"，是用龟甲；而"筮"，则是用蓍草。两者的方法完全不同，工具和依据的经典也完全不同，只是后来"卜"的方法失传了，只有"筮"的方法流传了下来。

所以，用蓍草、用《易经》来推测未来之事，严格来说应该称之为"占筮"，而不是"占卜"。占卜，那是要用乌龟壳的。回过头看晋文公那句话的意思，就是用两种不同的方法，各自占断一次，看看出兵勤王，是否会吉祥。

占卜的结果很快出来了，龟甲上的裂纹显示很吉祥，但晋文公依然疑惑，于是，又进行占筮。

经过对蓍草的一番摆弄之后，结果出来了，本卦是大有卦，九三爻变后，之卦是睽卦。

晋文公自己当然不太明白这些，于是请一个叫作卜偃的人来解卦，从名字看，这个人就是专业人士，工作就是预测。

卜偃说，结果很吉祥。

为什么呢？

你看，大有卦变睽卦，所变之爻为九三爻，那么就看九三爻的爻辞。爻辞说："公用亨于天子，小人弗克。"意思是说，国君受到天子款待，被赐宴。但如果身份不高的话，则没份。

现在所问之事为出兵勤王是否吉祥，爻辞虽没有直接回答，但很巧的是，爻辞的意思和事实非常相应：您的身份是诸侯，就是"公"，而所勤的对象是"天子"，您出兵勤王平叛，结果大获全胜，受到天子的封赏，天子赐宴给您，爻辞写得太直接了，很相应。

所以从爻辞的角度来看，简单明了，应该不用有什么疑虑了。

另外，从卦象的角度来说，所得之卦和所问之事，也极为相应：

大有卦，是离卦在上，乾卦在下。乾为天子，离为诸侯，又为兵戈。现在九三爻变，则是乾卦变成兑卦，折毁之相。平时，应该是天子居于诸侯之上，但现在，天子蒙难，从首都出奔到了地方诸侯的国内，需要有强大军力的诸侯前去勤王，正符合卦象所示：代表天子的乾卦折损，居于代表诸侯的离卦之下，需要有实力的诸侯前去勤王，各种征象都完全如卦所示，没有比这个更加相应，也没有比这个更加简明，也没有比这个更加吉祥的了。

既然卜和筮的结果都很吉祥，晋文公就打消了疑虑，开始部署勤王事宜：

他先命人出使秦国，把秦穆公的部队在半道上拦住，说不烦劳秦伯了，我家主公已经起兵勤王，请秦伯率军回国。这等于是把勤王的功力给独占了。

其次，自己分兵两路，一路直趋郑国，迎接周襄王；另一路迎击叛军。

最后的结果，毫无悬念。在晋国强大军力的碾压下，叛军土崩瓦解，匪首王子带被生擒，最终被处死。周襄王也在晋军的护送下，重新回到了洛邑。

尘埃落定后，周襄王设宴款待晋文公，大有卦九三爻辞中说的"公用亨于天子"完全变成现实。席间，晋文公仗着自己有勤王的功勋，又喝得有点高，居然向周襄王提出，自己年事已高，不久于人世，希望自己死后，能以天子的礼仪来进行安葬。

说实话，这个要求是有点过分的。当年齐桓公打出"尊王攘夷"的旗号，做了很多表面文章来维护周王室，尚且也没有提出过这样的要求。甚至周襄王给予齐桓公的礼法特权，齐桓公也不敢使用；而你晋文公今天只是一次出兵勤王，就想在死后用天子之礼安葬，即使是已经非常孱弱的周襄王，也不能答应。

于是，周襄王温和、婉转却又坚定地拒绝了晋文公的要求，晋文公慑于天子表面的威严，同时也觉得自己资历还不够，于是也就不敢再强求。但是，作为补偿，周襄王给晋国加封了很多的土地，使晋国的疆域以完全合法的方式得以大大扩张，这份实惠，为晋国未来的霸业增添了很多筹码。

现在再回过头看前文所述，晋文公的确踩准了他称霸道路上的第一个重要节点。通过这次勤王，他得到了土地的实惠，又得到了天子的赞誉，在诸侯间也塑造了一个良好的形象，可谓虚实兼得，便宜占尽。

似乎唯一的遗憾就是没能被同意死后以天子之礼安葬，但这个本来就是"喝醉"之后的过分的要求，又完全属于"虚"的一类，所以也没什么好不满的。这一次出兵勤王，晋文公可以说是在政治上、声誉上、土地上都大有收获，也算是验证了当初得到的大有卦。

故事到这里，就基本讲完了。在上述的这些文字里，我们可以看到父子猜忌、兄弟相残、借大义名分来谋取私利、坚忍不拔终成大业等一系列老掉牙的套路和鸡汤，当然，还有《易经》的神奇。这些，都足以证明，天道的规律，亘古不变；人心的起伏，代代重演。历史的故事，就是人心起伏的外在呈现；而《易经》，则是圣贤们对天道规律的总结，进而留给后人的一部人生指南。

荣格和《易经》

提起瑞士心理学家荣格，可能很多朋友都听说过，他可以说是当代西方心理学界最伟大的学者之一。荣格早年做过堪称西方心理学界鼻祖的弗洛伊德的学生，后来独立发展了自己的学说，学术成就不逊其师，此二人在西方心理学界的江湖地位，犹如武林门派中的少林和武当一样。

不过，可能很少有朋友知道，荣格对中国的《易经》还颇有研究。有资料记载，荣格在20世纪初就开始全面研究《易经》，当时他决心要弄明白"《易经》中的答案是否真有意义"。这个过程中，他为自己所见到的"惊人的巧合"而感慨，因为他发现《易经》的答案有意义乃是常例。从1920年起，荣格开始在精神治疗中参考采用《易经》中描述的方法，疗效显著。而到了1925年，荣格对《易经》已经非常熟悉，并对其中富含意义的答案产生了很大的认同和信任。

清末民初，有一位非常著名的德国汉学家，他的中文名字叫卫希圣，字礼贤。他在世时间不算长，只活了五十七岁，但其中却有二十多年是在中国度过的。最初他以传教士的身份来到中国，之后深入学习和研究了中国的文化，先后翻译了《大学》《中庸》《论语》《孟子》《家语》《礼记》《吕氏春秋》《道德经》《列子》《庄子》《太乙金华宗旨》等一系列传统经典，当然，也包括《易经》。

《易经》的翻译本，是卫礼贤在向中国晚清时期的著名学者劳乃宣深入学习的基础上，并结合他自己的西学背景而译成的，是卫礼贤耗费心血最多的一部作品。从1913年开始翻译，到1923年完成，仅翻译的过程就花了十年，更遑论之前学习的时间。1924年，卫礼贤翻译的德文版《易经》在欧洲出版，得到了西方学界的高度认可，认为这个译本超过之前所有的欧洲文字译本。

1930年，卫礼贤在他的家乡德国斯图加特去世。1950年，美国博林金基金会在已有好几种英译本的情况下，仍请了当时美国最优秀的德译英专家贝恩斯将卫礼贤的德译本《易经》转译成英文，并于次年在英国和美国出版。时年七十六岁的荣格为这个英译本写了一篇序言，名为《〈周易〉与中国精神》。有趣的是，在这篇序言中，荣格还提到自己关于此事的两次问卦，其中第一次问卦的问题，是"把《易经》引荐给英语世界的读者，结果会怎么样"。

这是一个很有意思的问题。

荣格当时用三枚硬币起卦，得到的结果是鼎卦，九二和九三爻变，之卦为晋卦。而荣格主要是以鼎卦九二和九三的爻辞来进行判断。

鼎卦的九二爻辞说："鼎有实，我仇有疾，不我能即，吉。"这句话的字面意思大概是：鼎中有食物，但与我交往的人却非善类。如果能远离这样的人，则会吉祥。

鼎卦九三爻的爻辞则说："鼎耳革，其行塞，雉膏不食；方雨亏悔，终吉。"这句的大概意思，是说鼎耳的位置不当，导致鼎耳太烫而不能拿起鼎，也就无法享用其中的食物。需要等待下雨，降低鼎耳的温度，才可以取食。

荣格对于这两句爻辞有自己的理解，他最终得出的结论是：《易经》的内容深奥而丰富，大部分西方读者可能暂时还无法完全领略，需要等待时机，最终则一定会被西方世界所认可和接受。

虽然一般两爻变的卦，很少会参考完整的之卦，但荣格在这里还是用到了之卦晋，他着重解释了晋卦的基本卦意和晋卦六二、九四两爻的爻辞，做出了自己颇有见地的解释。

在问卦这一篇幅的最后，荣格写道："《易经》冷静地面对着自己在美国书籍市场的命运，这种态度和任何有理性的人面对自己备受争议的著作时没有两样。这样的期望非常合理，也合乎常识，要找出比这更恰当的答案反倒很不容易。"

坦率地说，我觉得荣格的解释还是相当不错的，的确很好地把握了卦意和爻辞的精髓，只是相对于中国传统的古法来说，荣格仅仅是根据经文来进行了解释，并没有用到"卦象"这一重要的信息，所以我们不妨在荣格解释的基础上，再结合卦象来看一看。

鼎卦的基本含义是指商周时期用于祭祀的大鼎，这是国之重器，是政权的象征。问《易经》英译本在英语世界的前景，我可以理解为：《易经》就是中国本土文化的"鼎"，它在中国本土文化中的地位，犹如商周时期，鼎在一个国家中的地位一样。

鼎卦的下卦为巽，代表木；上卦为离，代表火，木上有火，所以是燃烧、煮食物的象征。巽为缓动，离为文明，可见这本经典，将会慢慢进入西方学界乃至社会各界，这需要足够的时间。最终，它会显露出其深奥的内涵和丰富的哲理，以此来影响西方人的思想和生活。

再者，鼎卦的九二和九三爻变后，下卦由巽变为坤，巽为入，坤为众，这是《易经》能进入西方普罗大众之中的征象；这两爻变后，下互体成艮，艮为止，这是继进入之后，进而能扎根之相。

由此可见，就卦象而言，也能得出类似荣格的结论，即，假以时日，西方人会认识到《易经》的重要性和丰富性，这本东方的古老经典，会进入很多西方人的生活之中。

在序言的最后，荣格这样写道："《易经》的精神对于某些人可能像白昼一样明亮，对另外一个人则像晨光一样熹微，对于第三者来说，也许就像黑夜一样暗昧了。不喜欢它最好别去用它，如果对它怀有排斥心理，那就不必从中寻求真理。为了那些能明辨其意义的人，且让《易经》走进英语世界中来吧。"

我有时会想，如果更多西方人能接触和了解《易经》，那是一件多么奇妙的事情。作为一本"最中国"的经典，如果能被更多西方人所知，那无疑会大大促进中国文化和西方文化之间的交流互动，那对于整个人类的文化，都是相当有裨益的事情吧。

但愿荣格所起的那一卦会应验，作为中国文化的"鼎"，《易经》能早日被更多的西方人所认识和了解。

谦卦六爻与王莽的一生

《易经》的六十四卦，每一卦都有卦辞，即对这一卦吉凶祸福的描述文字；而每一卦都有六根爻组成，每一爻，也有爻辞，即对这一爻吉凶推断的文字。一般来说，即使是吉祥的卦，也总有那么一两根爻是不那么吉祥的；而即使是凶卦，也总会有那么一两根爻是比较好的，由此给人一种感觉：吉中带凶，凶中含吉，似乎是《易经》的一个惯例。

不过，有一卦，却是例外，它就是谦卦。

谦卦六爻皆吉，这是在中国传统文化中很有名的一个说法，很多对中国文化有点了解的朋友，即使没有专门学过《易经》，也会知道这个说法。所谓"六爻皆吉"，就是谦卦六爻的爻辞，都是吉祥的，这是《易经》中的一个特例。

为什么其他的六十三卦都是有凶有吉，而唯独谦卦是六爻皆吉呢？原因也很简单，就是因为它是"谦"卦。

所谓谦，就是谦虚、低调、内敛、谨慎，等等，这是一类为人处事的态度和做派。中国古人认为，但凡以这种作风来处世为人的，就不会有任何的凶险，一切都会吉祥如意，这是很中国的一种思维方式。

不过，可能很多朋友不知道的是，这个著名的"谦逊之卦"，也有隐藏着的、鲜为人知的一面。

谦卦的卦象是上坤下艮，一般的解释是坤为地，艮为山，山入地中，是以高就低，所以是低姿态、谦逊的象征。但是，八卦的卦象所代表的事物，其实是很多的，比如这个艮卦，既代表山，也代表手。艮卦代表山的时候，我们可以把谦卦解释成"以高就低"，是谦逊；那如果把艮卦解释成手，这个谦卦又该怎么解释呢？

根据各种证据表明，当把艮卦解释成手的时候，谦卦就成了"兼"卦，即以手去拿别人的土地，有兼并之意。

有些人听了可能会比较难以接受：谦卦，谦谦君子的一卦，怎么会去拿别人的土地，去兼并别人？这种事情，不都是坏人才做的么？怎么连谦卦这样具有代表性的君子之卦，也开始堕落了？

不急，我们慢慢说。

说谦卦是"兼"卦，最明显的证据莫过于谦卦本身的爻辞。所以我们首先从爻辞的角度来看。

谦卦六爻，爻辞分别如下：

初六：谦谦君子，用涉大川，吉。

六二：鸣谦，贞吉。

九三：劳谦，君子有终，吉。

六四：无不利，㧑谦。

六五：不富以其邻，利用侵伐，无不利。

上六：鸣谦，利用行师征邑国。

从爻辞中，我们不难看出，前四爻的文字中都透着一股低调内敛的谦逊味，但是，到了第五爻，画风突然大变，讲到了"侵伐"，而第六爻，则是谈到了"征邑国"。这两句爻辞，已经没有半点谦谦君子的感觉，而完全是霸气侧漏地去兼并他国了。

怎么回事？难道是经文写错了？还是编辑整理时出错了？

应该不是。

首先，从文字以及一些古籍的考据角度来说，这一卦最早的卦名应该就是"兼"，而不是现在我们看到的"谦"，现在的卦名，是后来演变出来的。这方面的证据和分析也很多，但因为比较复杂，在这里我就不列出来了，有兴趣的朋友大家可以自己去查找。

其次，从卦象来看，当把艮卦解释成手的时候，整个卦的卦意的确就变成了"用手去拿别人的土地"。可能有些朋友会说，坤为地没有错，但为什么一定是去拿别人的土地，而不是自己的土地？那是因为，坤卦在外，而艮卦在内，而一般内卦代表自己，外卦代表他人，所以这个在外的坤卦，当然就是别人的土地。

再次，谦卦从最初的谦谦君子，发展到最后要去兼并人家的土地，这一点虽然看似难以置信，但从人性的角度看，却是非常合理的。

一个人，只要不是圣贤，只要是个还有自我的凡夫，他就很可能从一开始的谦谦君子，变成后面的侵略者。大家看爻辞，有"谦"字的，是前面四爻。这些爻从地位上讲，是低的；从时间上讲，是人生的早期。而六五、上六两爻，从地位上讲，已经很高了；从时间上讲，则是人生的晚年。一个人在早年地位较低时，能够低调谦虚，温和礼让，这很正常；而到了晚年，随着地位的上升，年龄的增长，对自己的要求也逐步降低，人性中的负能量开始增加，这也很正常。

所以从人性的角度来说，我们可以把谦卦六爻看成是一个人从年轻到年老，从低位到高位的成长过程。在这个过程中，内心的"谦"逐渐消失，取而代之的是"兼"，我觉得也是很合理的呈现。

讲到谦卦的这一层含义，又让我想起了一位古人，他就是西汉末年的权臣，最后取代西汉而建立新朝的王莽。

王莽的出身很显赫，他的姑妈是汉元帝的皇后王政君，王家也因此成了西汉末年权势最大的外戚家族，先后有九人封侯，五人担任大司马（即辅政大臣，当时朝廷最有实权高官）。

不过，王莽早年因为父兄去世得早，他是跟随叔伯们一起生活的。也许王莽觉得和自己最亲的父亲和兄长都不在了，叔伯们和自己的关系还是隔了一层，其实自己是没有真正靠山的，所以更加需要收敛，需要夹紧尾巴，于是，他的表现就和自己的堂兄弟们完全不同。

当时王家的子弟大多生活奢侈、声色犬马，唯独王莽和他们不一样。他跟随当时著名的大儒陈参学习《论语》，对自己的日常行为要求极严，在家中服侍母亲极尽孝道，对待寡嫂也礼数周全，又尽心抚育兄长的遗子，侍奉诸位叔伯，也极为恭谨。他的伯父王凤生病时，王莽衣不解带，寝食俱废，悉心在病榻前侍奉，让王凤极为感动。

同时，王莽在外喜欢结交贤士，与人交往时温和谦恭，完全没有世家大族子弟的骄横跋扈，这在当时简直就是一朵奇葩。凭借着这些行为，王莽成为了当时的道德楷模，很快便声名远播。

二十四岁时，王莽入朝为官，工作认真负责，颇受好评。他的叔父王商给汉成帝上书，表示愿意把自己的封地分出一部分给王莽，他的伯父大司马王凤，在临终前也向朝廷推荐王莽，并请求当时已经是太后的王政君多照顾这个侄子。就这样，王莽在亲戚们的庇佑之下，加之自己的优秀表现，地位不断升高，在三十八岁时，就做到了大司马，可谓一人之下，万人之上了。

但是，王莽的优秀表现，并没有随着位极人臣而有所改变。他依旧生活简朴，礼贤下士，并经常拿出自己的俸禄接济穷苦之人。有一次，百官去他家里探望他的母亲，发现王莽的夫人衣着极为简陋，以至于有人把她当作家中的奴婢。更有甚者，王莽在遭遇政敌攻击而隐居自己的封地期间，他的次子王获杀死了一个奴婢，王莽为此而大发雷霆，强行逼着王获自尽，以偿还命债。这些表现，使王莽在朝野间获得了普遍的认同和赞誉，当时天下人都认为他几乎就是圣人再世，纷纷请求朝廷让王莽复出。

公元前1年，王莽在汉哀帝去世后，再次担任大司马一职，并拥立了九岁的汉平帝登基，自己则实际掌握朝政。此后，他不仅在实权上，在名分上也开始逐步提升，先后受封为安汉公、宰衡，又接受了朝廷给予的"九锡"，外在的呈现上，也开始走向至高无上。

在这段时间内，他的优异表现还在继续进行。每逢大灾之年，他带头素食，把节约出来的钱粮用于赈济灾民。同时，减免受灾地区的赋税是当然会做的事情，他还带领官员们献出土地、私宅，用于安置灾民，甚至把皇帝的私家园林也拿出来用于安置灾民。

在朝，他对诸侯王和功臣后裔大加封赏，又封赏在职官员，增加宗庙的礼乐；在野，他制定了很多政策，对平民士人推行恩惠，使百姓和鳏寡孤独都得到好处。同时，他还在长安建造了一万座豪宅，礼请天下著名的儒生学者入住，大力宣扬礼乐教化，得到了儒生们的普遍赞誉。

以上种种，都成为了王莽在朝野间的声望不断增加的有利砝码。

公元6年，汉平帝去世，王莽拥立年仅两岁的刘婴即位，太皇太后王政君根据群臣的呼吁，命王莽代行天子事，号"假皇帝"，即代理皇帝的意思，而臣民们则称呼王莽为"摄皇帝"，王莽自称"予"，改年号为"居摄"。此时的王莽，不仅实际上早已经成为汉朝的最高统治者，而且在名分上，也只差最后一步了。

接下来，各种祥瑞、图谶、劝谏层出不穷，意思无非是汉朝气数已尽，王莽应该做真皇帝了。终于在公元9年的时候，王莽逼迫太皇太后王政君交出传国玉玺，接受五岁小皇帝刘婴的禅让，自己登基做了真皇帝，改国号为新，西汉的统治，至此就结束了。

那一年，王莽五十四岁。

做了皇帝后的王莽，则开启了他的悲剧模式。他那太过先进、充满浪漫色彩，而又缺乏实际可操作性的全面改革几乎得罪了所有人，下至升斗小民，上至王公大臣，好像每个人都怨恨王莽。甚至最后连他最亲密的伙伴，和他有着共同改革理念的刘歆都试图发动政变来反对他。王莽的改制，毁掉了这个新建立的王朝，也毁掉了自己的一世英名乃至生命。公元23年，农民起义军攻入长安，王莽被杀，新朝一世而亡，国祚仅十四年。

大致看了王莽的一生，再来看谦卦六爻，你难道不觉得两者何其相似吗？王莽早年的优秀表现，基本可以对应谦卦的前三爻，从"谦谦"，到"鸣谦"，再到"劳谦"，基本上是他在三十八岁成为大司马之前的真实写照。

他隐居复出后，时年四十五岁，基本就进入了第四爻。其间，他利用自己的地位和权力广施恩泽，下至普通百姓，上至公卿贵族，无一没有感受到他在物质和精神层面的馈赠，这一点，很符合六四爻辞所说的"扐谦"，即把这种谦德广泛弘扬出去。

又过了将近十年，王莽年过五旬，取代了西汉王朝，建立了自己的朝代，做了真正的皇帝。这不就是把人家的土地给兼并过来了吗？这不就是六五和上六爻辞中所说的"侵伐"和"征邑国"么？

通过王莽的一生，我们很清晰地看见了谦卦六爻所展现出来的进程。一个谦谦君子，是如何去兼并他国的。所以，学习《易经》古法占筮的朋友们，将来如果得到谦卦，还需要把这一层意思考虑进去。

最后，还想简单谈谈王莽这个人。

其实关于王莽，一直以来争议也很多。民国以前，基本都认定他是一个伪君子、篡位者；而民国以后，对他的评价中肯了很多。我个人觉得，王莽早年的优异表现，也不见得就一定是装出来的，很可能早年的王莽，的确是个有理想、有抱负的热血青年。但进入中年，随着地位不断攀升以后，他内心的想法应该会有变化，对权力的渴望会让他去做一些所谓不好的事情。到了晚年，他可以说是图穷匕见，撕下脸来正式改朝换代了，这应该说是有一个渐进的过程的，并非一盘下了几十年的大棋这么阴谋论的。

更何况，从王莽登基以后的种种表现来看，我觉得一直到了晚年，他的情怀都没有改变，他真的是试图建立一个美好的大同世界，去实现他年轻时的梦想，去完成古圣先贤的遗愿。为了做到这一点，他必须要掌握国家的最高权力，要名正言顺地做真皇帝。所以，也有人认为，王莽所谓的篡位，也只是他实现情怀的一个手段，他真正在意的，不是皇帝的位置，而是一个大同世界。

只不过，在如何才能真正建立美好的大同世界这个问题上，王莽又显得太过于书生气，太过于浪漫，导致昏招连连，举国皆敌，人神共愤，但王莽自己却并没有清楚地认识到自己的缺陷。新朝濒临灭亡的前夕，王莽率群臣去南郊哭天，向上天诉说自己的冤屈。而在城破被杀的那一刻，王莽内心一定是充满了不甘和茫然：我一心为国为民，为什么你们都反对我？为什么你们都不理解我？

我想，答案应该是：美好的愿望，如果没有合适的方法去实现，反而会变成一场灾难。人生在世，并不是有美好的愿望就可以的，更需要落实这些美好的正确方法。

王莽，可惜了。

魏文侯的祖先

我曾经写过战国初期第一强国魏国君臣的一些故事，相信朋友们一定印象深刻。中国人讲究个追根溯源，在战国初期开挂的魏国，其家族源头，是哪里来的？又是如何在晋国发迹，并最终成为战国七雄的？

这一切，要从一个叫作毕万的人开始说起。

毕万，是春秋中期的一个没落贵族。"没落贵族"这种说法，显示出他的双重身份：他是贵族的后代，祖上曾经有过辉煌的荣耀，而现在，这些荣耀都成为过去，他这个拥有高贵血统的人，沦落到需要找地方去打工，以便养活自己的境地。

他的祖上是谁？说出来吓死你，就是大名鼎鼎的周文王！换句话说，他是周朝的宗室，是周天子的亲戚。

周文王有很多儿子，其中有一个叫姬高，是周武王的异母兄弟。周朝建立后，武王把他这个兄弟封在"毕"这个地方，成为一方诸侯，建立了毕国，所以，姬高又被称为毕公高，而他的后代，就都以"毕"为氏。

毕国在现在的陕西渭水一带，立国之初，身处京畿中枢的附近，地位还算是很高的。不过西周灭亡后，周室东迁洛邑，毕国所在的地区就渐渐被边缘化，周边的少数民族部落不断入侵，终于在立国四百多年后，亡于犬戎部落。

而毕万，就是毕公高的后代，毕国的宗室。原本他可以在毕国的朝堂上指点江山，甚至有机会成为国君，至少也可以依靠封地的税收衣食无忧，做个富家翁。而现在，亡国后的他只能四处流浪，找机会去搬砖头，以确保自己不至于饿死。

有些人可能会想：何必那么辛苦？去洛邑找他的亲戚帮忙啊，就找在庙堂上高坐的那位叫"周天子"的，就说是老家的亲戚遭了灾，来投奔你了。靠着周天子的赏赐，混个温饱应该没有问题吧？怎么说，大家都是周文王的后代啊。

诸位，毕万也许你不熟，八百年后的另一位有类似境遇的，你一定熟：刘备。你说刘备小时候织席贩履时，怎么就没想到要去洛阳（正好是同一个地方）投奔他那位高高在上的亲戚呢？怎么说，大家都是高祖爷爷刘邦的后代啊。

要知道，老祖宗只有一个，但是子子孙孙繁衍开来，就多得没边了。如果每个亲戚都来认祖归宗（其实是来蹭吃蹭喝），那再大的家业也会完蛋。更何况，当时的周天子，地位和汉献帝也差不多，聪明如刘备者，也就是去一趟洛阳镀个金，混一张"皇叔"的证书，就赶紧脚底抹油自己单干去了。毕万要去投奔周天子，下场估计还不如刘皇叔。

所以，虽然毕万的远祖是周文王，但几百年后的他，只是一个血缘关系非常疏远的旁支宗室，凭这样的身份，根本不可能得到帮助，加之周室已经孱弱，也没能力照顾这么多宗室后裔，一切，都得靠自己的努力。

几经辗转，反复权衡之后，毕万决定去晋国发展。晋国是当时的大国，其始祖是周成王的亲弟弟，和毕万也是一家人。重要的是，晋国当时的国君晋献公，可是春秋时期的一个猛人，他在位二十六年，史称其"并国十七，服国三十八"，在开疆拓土、张扬霸权上，是毫不客气的。毕万觉得，老板是这么喜欢开拓的人，在他手下做事，机会一定很多，只要自己能把握好，前途还是可以预期的。

不过呢，春秋时期的惯例，重大的决策，在可以人力掌控的审查思辨之后，还要看看天意，借用一些特殊的方法，来看看在人力未知的领域，这件事可能会有什么样的结果。

于是，毕万取出了五十根蓍草……

很快，卦出来了，屯之比。即本卦是屯卦，初九爻变，之卦为比卦。

卦是有了，毕万翻了翻《易经》的经文，似懂非懂，心想这个还是得咨询专业人士，于是就跑去请教一个叫作辛廖的人。

毕万："先生，我想去晋国搬砖，不知道前景如何，于是自己起了一卦，是屯之比，烦请您帮忙给看看，还行么？"

辛廖看了一眼蓬头垢面的毕万，心想这小子虽然现在落魄成这样，看他浑身泥猴似的，估计起卦时不要说沐浴更衣，可能连手都没洗（没钱洗澡，没水洗手，也没钱买新衣服），但这一卦却是相当不错啊。

于是清了清嗓子，问道："你想去晋国搬砖？"

"是的。"毕万不好意思地搓了搓手，略带局促地回应道，"不知道能吃上饱饭么？"

饱饭？岂止是饱饭？辛廖心里觉得好笑，心想这家伙估计是穷怕了，连理想都没有了。

"去吧，好好干，吃饱饭肯定没问题，而且，应该还会有机会当上包工头。"

"真的么？"毕万有点不敢相信自己的耳朵。

"当然是真的啦。而且……"辛廖突然压低了声音。

"而且什么？"毕万有点疑惑地看着辛廖。

辛廖招了招手，示意让毕万靠近，毕万赶紧改变姿势，屁股离开脚跟，跪着爬到辛廖跟前，紧张地看着他。

辛廖放低了声音，缓缓说道："而且，你的子孙，会成为房产开发商，房产大鳄，就像即将成为你老板的那个人一样。"

"啊……"毕万大吃一惊，一屁股坐在了地上，嘴巴张得大大的，半天才憋出一句，"国……国君？诸……诸侯？"

"是的，你得到的，是公侯之卦，恭喜啊。"

"这、这、这，这怎么可能？"

"怎么不可能？你本来就是文王之后，祖上不也是一方诸侯么？"辛廖的声音有点大，似乎是不太满意毕万那个窝囊样。

"我祖上是诸侯，我也是毕国的公子。可是您看我现在这个样子，已经完全落魄了，我的子孙还能再次成为诸侯么？"毕万还是不敢相信。

辛廖抬起头，看着窗外的白云，悠悠地说道："世事无常，盛衰循环，这本来就是天道啊。"

毕万的头低了下去，若有所思。半晌，他抬起头来："先生，那您能给我详细说说这一卦吗？怎么就是公侯之卦了呢？"

辛廖微微一笑："行，给你说说，免得你不相信。"

"你看，你这一卦的本卦是屯，初九爻变，爻辞说：'盘桓，利居贞，利建侯。'意思就是根基稳固，利于安定，利于开创属于自己的事业。你问的是去晋国发展前景如何，爻辞明白写着利于开创事业，这不是很明白吗？

"其次，就卦象来看，屯卦的下卦为震，爻变后，震变成坤，坤为土，震又代表车，坤又代表马，这是车马相随之相；震又为足，又为兄长，坤又为母，这些则代表你在晋国会扎稳脚跟，而且会有贵人相助；然后，坤又为众，民众都将归附于你。

"卦象上有马有车，有土地有人民；爻辞说根基稳固，利于创业，这些结合起来看，不是公侯之卦，又是什么？"

辛廖顿了顿，喝了口水，又看了看一脸专注的毕万，继续说道：

"而且从整体的卦德看，屯卦有坚固之意，比卦有亲附领导之意，且屯卦是天地初开之后的第一卦，有事业草创之意，这一切的一切，都预示着你去晋国发展，会大有前途，子孙更加会因此而昌盛的啊。

"不过，屯卦只是事业的开端，其所代表的吉祥，需要时间来展现，你切不可操之过急，应该要有耐心。你本人是没有希望成为诸侯了，但在晋国做个大夫应该是没有问题的。而你的子孙，将会成为一方诸侯，国势之强，声名之远，犹如雷霆万钧。只可惜，我是看不到了。"

听完这一大段，毕万脸上依然有着疑惑的神情，但隐约也呈现出了一丝兴奋，毕竟，就算别的他听不懂，"利建侯"这三个字是明明白白写在书上的，他有理由相信辛廖的解释。

辞别辛廖后，毕万虽然还是衣衫褴褛，但看起来内在的精神面貌和原来大不相同了。他满怀着希望和憧憬，还有辛廖美好的祝愿，踏上了前往晋国的旅途。

根据史料记载，毕万来到晋国后，很快就受到晋献公的赏识，得到重用。而后又在晋国的对外征伐中立下战功，晋献公把"魏"这个地方赏赐给毕万，他有了属于自己的封地，成了晋国的大夫，而毕万的子孙，也就以封地的名字"魏"来作为自己家族的氏。

晋献公去世后，晋国陷入争夺国君之位的内乱，晋献公的儿子重耳为了避难，被迫流亡国外，颠沛流离长达十九年。这期间，有一帮忠于重耳的臣下始终跟随在他身边，其中就有毕万的后代魏犨（《左传》说是毕万之孙，《史记》说是毕万之子）。

十九年后，重耳回国即位，是为大名鼎鼎的晋文公。晋文公封赏老部下，魏犨受封为大夫，继续享有魏地。

再往后，魏家的家业传到魏犨的孙子魏绛，他受到晋悼公的重用，成为晋国执掌国政的六卿之一，魏家开始进入晋国的权力中枢。

又过了五代，魏家传承至魏斯，这就是著名的魏文侯，大家都应该早就认识他了。在经历了三家分晋、周天子册封等一系列事件后，魏国，这个新兴的诸侯国，终于出现在中国历史的舞台上，而且成为战国初期首屈一指的强国，二百多年前辛廖的预言，完全变成了现实。

毕万的故事讲完了，顺便也讲了些关于屯卦的知识，大家至少可以知道，如果问功名、问事业，得屯之比，还是很有希望的。当然，你要有长远心。

古人的故事，经常会有一些令我很感慨的地方，其中之一就是，一份家业，往往需要传承数代，经过很多人的努力，才会渐渐成型，乃至光大。这份厚重，这份沉淀，相比于现代人动不动就觉得"黄花菜都凉了"，时刻不忘追求速度和效率，完全不是在一个层面上啊。

当然，这里面有个人喜好的问题。我必须承认，我不喜欢也不擅长轻灵，乌龟的速度和厚重，是我的情怀和风格。这当然有其弊端，只是，在这个兔子满天飞的时代，也是需要有几只乌龟来平衡一下的吧。

张轨的霸业

　　中国人都知道三国的故事，而三国的主角，最终谁也没能重新统一中国，得到这个革命果实的，是第四方：晋朝。

　　不过呢，也许是先天不足，晋这个朝代，在中国的历史上是一个短暂、残缺、奇葩的存在。两晋共一百五十五年，名义上，它完全统一全国的时间，只有西晋短短的三十六年（而实际上，应该只能算二十多年），剩余的一百多年，晋朝能控制的领土只有南方半壁江山，而广大的北方地区，则是异常混乱的五胡十六国。

　　所以，后世的史家在谈及这段历史时，基本是把它归于分裂的时代，所谓"三国两晋南北朝"，是中国历史上著名的大分裂时期，真正被后世认可的全国重新统一，是在隋代，此时距离汉末，已经过去接近四百年。

　　两晋十六国时代，是中国历史上第二次大规模的分裂，对于一般朋友来说，要搞清楚这期间胡汉混杂的王朝更迭，都是一件很困难的事情。之前曾经向大家介绍过这个时代的石勒、王猛等人物，今天，我们再来向大家介绍一位当时的历史人物，他就是十六国之一——前凉国的奠基人，张轨。

张轨的祖上，是秦末起义军的领袖之一张耳。项羽灭秦，分封十八个诸侯王时，张耳受封为常山王；而当刘邦建立汉朝后，张耳又受封为赵王。后来，汉初的异姓王国慢慢被取消，张家也就失去了世袭的王爵，但是，失去封爵的张家，至少还算是大户人家，虽然不能说每一代都富贵显赫，但至少还是有书可读。

可不要小看了"有书可读"这四个字，在那个年代，读书的资格都是被少数豪门大姓所垄断的，大部分平民百姓，是很难读到书的。能读书，就能识文断字，就能博古通今，就有资格去举孝廉、走仕途、入官场，所以张家虽然没有了世袭的封爵，但因为诗书传家，在跻身仕途方面是有很好的基础和平台，不同于一般的升斗小民。据《晋书》所载，张家"家世孝廉，以儒学显"，张轨的祖父张烈，做过曹魏时期的外黄县令，而父亲张温，也做过太官令。

年轻时的张轨，聪明好学，仪表不凡，史载其"明敏好学，有器望，姿仪典则"，曾经和好友皇甫谧一起隐居在宜阳的女儿山，后来因为叔父的恩荫，根据当时的九品中正制，被授予五品之官，算是初步踏入了仕途。

不过，当朝的大臣张华在与张轨谈论过经书要义和治国施政的纲领后，对张轨大为赞叹，说安定郡（即张轨的家乡）的中正官压制人才，居然把这样的美玉仅定为五品。张华自己认为张轨是二品人才中的精华，绝对可堪大用。

这张华可不是一般的人物，他是西汉开国首功留侯张良的十六世孙，又是唐朝名相张九龄的十四世祖，自己也曾经在晋惠帝时期以类似宰辅的身份执掌过朝政，是西晋时期一流的政治家、文学家。他对张轨有如此之高的评论，使得当时仅是个县处级干部的张轨，在朝堂上顿时声名鹊起。

晋武帝老丈人杨骏的弟弟，时任卫将军的杨珧听说了张华的评定后，就聘请张轨做自己的办公室文秘，使得张轨的人脉资源一下子就拓展到了皇帝亲戚这一线。后来，张轨又不断升迁，做过太子舍人、散骑常侍、征西军司等一系列官职。不过，就在张轨一路升迁的过程中，西晋朝堂上的局势也在逐步恶化。

晋武帝司马炎，自己的才智尚属中人之资，但偏偏把皇位传给了基本是低能的儿子司马衷。这位史称晋惠帝的同学，成年以后的智商大概只有幼儿园大班水平，以至于在灾荒年间，他面对属下递交的关于饿死人的报告，显得非常困惑，提出了"他们为什么不吃肉"的千古之问，流传至今，令人无语。

有这样的皇帝，那就会有野心家开始为自己谋私利，比如晋惠帝的皇后贾南风，以及很多有兵有地盘的晋朝宗室诸侯王。

这样的局面，预示着大乱将至，一般人也许看不出来，但像张轨这样的人，那是一眼就能洞穿朝局的。他觉得自己再继续留在朝堂上，是很危险的，必须要为自己找一个合适的去处，以远离是非之地，避开即将到来的狂风暴雨。

事实证明，离开朝堂是非常明智的选择，张轨曾经的老领导杨珧，还有早年赏识自己的宰辅大臣张华，都先后死于和晋惠帝这个幼儿园大班皇帝有关的政治动荡中。而西晋的名臣名士，但凡留在中央的，几乎没一个有好下场的，都在八王之乱、永嘉之乱等一系列的政治、军事冲突中丧命。

虽然想好了要走，但是天下那么大，到底去哪里呢？

就西晋疆域来说，所谓朝堂，就是指中原地区，这是当时政治、经济、文化的中心，但也正因为是中心，又靠近少数民族和汉族混居的地区，必定会引起激烈的争夺，所以基本上整个中原，张轨是不予考虑的。

那接下来，远离中原的地方还有三个，就是江南（泛指长江以南）、川蜀、河西，而张轨的首选，是河西。

所谓河西，顾名思义，就是黄河以西，这是相当于现在宁夏、甘肃、青海、新疆一带的地方，范围很广。这片被称为"河西走廊"的土地，自从汉武帝时开通以来，经过数百年的经营，已经成了中原政权和外部世界进行商贸和文化交流的主干道，通过这条路，中原王朝最远甚至能联系到欧洲的罗马帝国。

前文说过，张轨是安定郡的人，这个郡的范围大致相当于今天甘肃东南和宁夏南部的地区，可能是出于这个原因，所以张轨把出走避难的首要选择放在了老家安定郡所在的河西地区。不过，这么大的事情，张轨觉得仅凭人力还不足以决断，还要看看天意。

作为当时博通经史的儒家学者，张轨首先想到的自然是《易经》。他选择吉日，沐浴更衣，焚香叩祷，郑重地筮了一卦。

根据《晋书》的记载，张轨当时得到的是泰之观，即本卦是泰卦，五爻变后，之卦为观卦。当张轨看到这个结果后，兴奋地扔掉手中的筹策，高兴地说："霸者兆也。"也就是说，张轨认为，根据卦象的显示，他去河西之后，自己及后世子孙会成为乱世中的一方诸侯，称霸河西。

学过《易经》古占筮法的朋友应该知道，泰卦之观卦，当中有五根爻，都发生了变动，其中唯一没有变的爻，就是泰卦的六四爻。根据常用的解卦原则，五爻变的卦，解卦时应该着重参考之卦中没有变的那根爻，即观卦的六四爻。

观卦的六四爻，爻辞说："观国之光，利用宾于王。"大意就是，得到这一爻，预示着问卦者可以成为君王的宾客，得到君王的优厚款待。

也许有朋友会说，君王的宾客，也就是吃个饭，观个光，旅个游，临走带点礼物回去，怎么就变成一方诸侯和霸主了呢？这个，要从观卦的卦意、六四爻的爻位，以及一个历史典故来说。

观卦的本意，是君王借助举行祭祀这样的大型活动，以教化天下百姓，使之向善向明，所以在观卦中，九五君爻代表主持祭祀的君王，也就是在主席台上最正中和尊贵的位置上。而六四爻，是最接近九五爻的，又是阴爻，柔顺地承接着九五君爻，代表是君王的座上宾，得到优厚的礼遇，可以近距离观察君王主持祭祀。这就是爻辞所说的"观国之光，利用宾于王。"

当然，仅凭这一点还不能得出张轨将成为一方诸侯的结果，而是还要参考六四爻的爻位和一个历史典故。

根据六爻的位置，五位是天子，为天下共主；而四位就是诸侯，可以封建一方。而需要参考的那个历史故事，则源自遥远的春秋时代。

春秋时期，陈国公子陈完在出生时，正好周王室的太史途经陈国，于是陈完的父亲陈厉公就请周太史为自己这个刚出生的儿子筮一卦，看看孩子的未来将会怎么样。

周太史起卦后，得到观之否，即观卦六四爻变后，之卦为否卦。这是一个一爻变的卦，基本的原则也是着重参考观卦六四爻的爻辞，即前面提到过的"观国之光，利用宾于王"。

当时的周太史根据这一爻辞，结合各种卦象，得出的结论是：这个孩子将来会成为一方诸侯之祖，他的后代会拥有一个国家，但不是陈国，而是一个姜姓的国家。

陈完长大后，遇到了陈国内乱，因而出逃到齐国。陈完受到了齐桓公的礼遇和重用，并改姓为当时和陈同音的"田"，在齐国安顿了下来。十代以后，陈完的后裔田氏家族成为齐国最有权势的卿大夫家族，其家督田和在公元前386年废掉了姜姓的齐康公，自立为齐国国君，是为田齐太公，并在同年得到了周安王的认可，开创了有别于春秋时期姜姓齐国的"田齐"，完全应验了三百多年前周太史的预言。

根据这历史典故，观卦六四爻的爻辞不仅意味着成为君王的宾客，更代表可以在远方封建一国。爻辞中的"宾"，也有诸侯之意，即仅比为"主"的天子低一等而已。张轨正是根据这些，推断出这是"霸者兆也"。

有了人智的推测和天意的启示，张轨的心也就定了。不久后，他正式给朝廷上表，要求出镇河西地区，而他在朝中的人脉，那些公卿大臣们也都认为张轨之才足以统御遥远的河西地区，也纷纷向朝廷表示应该同意张轨的请求。于是，在晋惠帝永宁元年，即公元301年，朝廷正式任命时年四十六岁的张轨为护羌校尉、凉州刺史，执掌河西广大地区的军政大权。

得到朝廷的任命后，张轨前往凉州，开始了真正属于他个人的后半生。他到任后，平定匪乱，安定百姓，招抚流民，重用贤才，兴修水利，劝课农桑，设立学校，传播儒学，使得凉州这个遥远荒芜的地区，渐渐成了经济繁荣、百姓安乐、礼教兴盛的一方乐土，也是很多中原百姓逃离战乱的一个重要选择。

对于这样的成绩，朝廷中的有识之士也非常赞许。当时的秘书监缪世征、少府挚虞，二人皆精通星象。有一次在夜里观测星象之后，两人聚在一起议论说："天下将乱，真正的避难之所，唯有凉州而已。现任的凉州刺史张轨，德行气量都不同于常人，在乱世中安顿百姓的重任，看来就是要落在他的肩上了。"

张轨在发展凉州当地的经济民生之余，还不忘危难中的西晋朝廷。当少数民族政权在北方崛起并入侵，晋室一片混乱的时候，天下州郡都只顾自重自保，视朝廷为无物。只有张轨的凉州，还每年持续对朝廷的供奉，并屡次派兵护佑西晋朝廷，因此得到了很多次的嘉奖，先后受封为骠骑大将军、仪同三司、侍中、太尉、凉州牧、西平公，但是对于这些官职和爵位，张轨一概不接受。

公元314年，张轨病逝在凉州，享年六十岁。他遗命里说："吾无德于人，今疾病弥留，殆将命也。文武将佐咸当弘尽忠规，务安百姓，上思报国，下以宁家。素棺薄葬，无藏金玉。善相安逊，以听朝旨。"可见，直到临终，张轨依然想的是安抚一方，上报朝廷，尽人臣的本分。

张轨去世后，他的儿子张寔继续坐镇凉州。不久后，西晋灭亡，朝廷南渡到了江南，和凉州已经没有了地理上的接壤，所以凉州的张氏家族，虽然还尊奉晋朝的年号，但实际上已经成了地方割据政权。

公元320年，张寔的弟弟张茂即位，改元永元，算是开始了实质性的独立。此后张氏的势力不断发展，其统治范围极盛时囊括今天的甘肃、宁夏和新疆大部，俨然是一个地区强国。345年，张轨的孙子张骏称凉王，354年，重孙张祚称帝，更是标志着凉国的独立性，张轨当年得到的卦兆，也完全应验了。

张轨的故事讲完了，其中的启发之处应该还是蛮多的，不过前面已经唠唠叨叨讲了这么多，我也有点讨厌自己的啰嗦，所以关于这段历史的看点，我也就不再赘言了，大家可以根据自己的情况，见仁见智吧。

一个蛮族国王的《易经》感悟

　　三国两晋南北朝，算是中国历史上第二次大分裂的时代。一般人对于分裂时代的印象，觉得总是政权林立、战乱频繁，一派乱世的景象。

　　其实，要说到纷乱，在这段大分裂时期，开头的三国，和结尾的南北朝，倒还可以，不算太乱，至少在政权的数量方面，三国也就是魏蜀吴，南北朝也就是南方的宋齐梁陈加上北方的魏周齐，国家的数量都是在个位数，名称也不是那么难记。但这个两晋，那就麻烦了，你看着好像只有"两个晋"，但其实，这段时间内的政权数量，前前后后，大大小小，多达几十个，国号还屡屡重复，搞得很多人光看这些国号，就没心情再去了解这段混乱不堪的历史。更何况，这段时间内战乱极度频繁，人口锐减，算得上是中国历史上少有的黑暗时代。

　　西晋统一全国不久，就发生了"八王之乱"，西北部的少数民族趁机入侵中原，晋室被迫南渡长江，北方大地一片混乱，我们上次有一篇关于张轨的文章，大背景就是这个时代。在这样的权力真空中，异族的力量崛起，在中国北方先后出现了十六个比较大的政权，史称"五胡十六国"，我们今天要讲的故事，就和其中一个有关，它叫西秦。

西秦的王族是鲜卑族人，姓"乞伏"，为了不引起大家的阅读障碍，这个让现代汉族人看着就晕的奇怪姓氏，我们后面会尽量少提。早在汉魏时代，乞伏部族就从漠北迁徙到了陇西（今天甘肃东南一带）定居。到了前秦天王符坚在位时，当时的乞伏部族首领乞伏司繁归降了前秦，被符坚封为镇西将军，镇守陇西，算是得到了一个受官方承认和保护的名分，成为日后西秦立国的基础。后来司繁去世，前秦朝廷任命其子国仁继任镇西将军之职，乞伏部族在镇西将军这个位置上完成了世袭更替，隐隐形成了割据一方的态势。

淝水之战后，前秦在北方的统治全面崩溃，国仁也开始进行他的独立计划。他召集了附近的很多部族，让他们臣服于自己的统治，如果有谁敢反抗，就进行军事打击。就这样，慢慢在国仁手下，聚集了十多万的部众，他已经完全有能力割据一方。

在淝水之战两年后，公元385年，国仁自称大都督、大将军、大单于、领秦河二州牧，并改元建义，拥有了属于自己的年号，还把自己的领地划分为十二个郡，置官员以治理。这时的国仁虽然没有正式称王，但已经具备了一个割据政权的全部条件，所以后世史家把这一年算作西秦的开国之年。

国仁在位四年后去世，因为他的儿子公府年仅九岁，西秦群臣认为在多事之秋，宜立长君，所以就拥立国仁的弟弟乾归作为继任者，这位乞伏乾归，是西秦发展史上重要的一位人物，也是我们这次故事的主角。

乾归这个人，很有才略，史书记载他"雄武英杰，沉雅有度量"。他即位后，改元太初，称河南王，开始仿造汉制在中央构置完整的官僚体系，并迁都金城，即今天的甘肃省会兰州，开始了他开疆拓土、建立功业的大计划。

当时的北中国，是异常混乱的。前秦崩塌后，苻坚被部将姚苌弑杀，其宗室苻丕、苻登、苻崇等先后继位称帝，延续前秦的国祚，但其统治范围已经大大缩小，在原前秦版图上，更多的地方则是不受前秦的统治，各路群雄并起而逐鹿。

在关中地区，姚苌弑杀苻坚后称帝，史称"后秦"；在关东地区，前燕宗室慕容垂以其雄才大略光复旧土，登基称帝，延续了燕国，史称"后燕"；在西北地区，前秦大将吕光在消灭前凉后东归的途中，听闻淝水战败、苻坚被弑、关中大乱之后，也就止步不前，割据河西，建立政权，史称"后凉"，而吕光死后，后凉又迅速崩溃，在广大的河西地区出现了西凉、北凉、南凉三个政权，而乾归的西秦政权，正是先后夹在后凉、南凉、北凉、前秦、后秦当中的，处境可谓异常艰险。

即位之初，乾归吞并了周边一些小的部族，又平定了一些叛乱，算是初步站稳脚跟。然后，他和前秦的苻登保持了良好的外交互动，不断接受苻登的封赏，还娶了苻登的妹妹，以增加自己的国力和提升自己的声望，还保障了东方部分地区的安全。在西北方向，他打败过后凉的军队，遏制了后凉的东进，使得整个西秦在他在位前期处于一个平稳上升的发展态势。

太初七年，后秦文桓帝姚兴进攻前秦，苻登请乾归发救兵，于是乾归派了两万人的军队去帮助苻登，但还没等西秦的军队到达，姚兴就攻灭了苻登，前秦亡国了，西秦军也就撤了。前秦的灭亡，导致乾归失去了一个重要的盟友，反而要在东方面临后秦的强大压力，这成为西秦第一亡国的重要原因。

同年，西秦南方的一个小政权后仇池国前来侵犯，其国主杨定亲率大军而来，乾归发兵抗拒，大获全胜，杨定兵败身死，西秦趁势把疆域向南拓展了很多。基于这样的胜利，乾归在第二年大赦境内的犯人，并改革了中央官制，全部依照当年曹操和司马昭的旧例，可以看出，这个时候的乾归，虽然实力还不算强大，但已经有了觊觎天下之心。

之后几年，乾归一边继续吞并一些小部族以扩充实力，一边应付着来自于西北方后凉的压力。作为大国，后凉的实力明显高于西秦，所以在几次战败之后，乾归向吕光称臣，以换取缓冲的时机。等到吕光年老、后凉开始衰亡之际，乾归再次击败了后凉，并和新生的南凉政权和亲，一时间，西秦的西北方向并无大患。

时间到了太初十三年，这一年，乾归都城的南门突然无故崩坏，乾归觉得很不吉利，于是就迁都到了苑川。也就是在这一年，关中大国后秦，终于对西秦用兵了。

后秦当时的皇帝是姚兴，这是十六国时期文武双全的一代英主，在他的治理下，后秦不仅军力强大，文化事业也相当发达。著名的西域高僧鸠摩罗什，就是在姚兴的大力支持下，在长安翻译了大量佛经。这是中国佛教史上第一次大规模地翻译佛经，鸠摩罗什也成了中国佛教史上最重要的一位译经大师。

在这次重要的战役中，乾归其实做了周密的部署和安排，他计划用少量部队把后秦军引入自己预设的战场，然后用优势兵力伏击，准备全歼后秦军。但天有不测风云，战场上突然刮起了一股诡异的大风，还带来了浓雾，这些完全超出人力可控范围的自然现象，打乱了乾归的部署和阵势，最终他兵败如山倒，一路逃回旧都金城。

在金城，乾归自知大势已去，对大臣们说了一段很重要的话，原话是这样说的："吾才非命世，谬为诸君所推，心存拨乱，而德非时雄，叨窃名器，年逾一纪，负乘致寇，倾丧若斯！今人众已散，势不得安，吾欲西保允吾，以避其锋。若方轨西迈，理难俱济，卿等宜安土降秦，保全妻子。"

这段话的大意是说，我自己无德无才，被大家错爱，做了十二三年的国君。现在国家要败亡了，我准备去西方投奔亲家南凉，你们可以带着自己的家人部属向姚兴投降，这样可以保全性命。

西秦的大臣们听后都很悲伤，纷纷表示不愿意投降姚兴，要和乾归同生共死。乾归又安慰他们说，自古没有不亡之国，如果老天不亡我，则将来还是有机会复国的。国家搞到这个地步，是我自己的德行不够，大家各自都好好的，我最多也就是寄人篱下，了此残生罢了。最后，君臣们痛哭一场，各奔东西，西秦第一次亡国。

我之所以说乾归的这段话重要，一方面是因为他不像很多领导人那样，把失败的责任推给部下，推给大臣，而是勇于承担起自己作为国君的职责，这是很难得的（虽然按照现代人的观点来看，那场妖风很难说是他的责任）；另一方面，更重要的是，乾归作为一个鲜卑族人，居然在这段话中准确地引用了儒家重要经典《易经》的一句经文，来说明自己的处境和失败的原因，这让一千多年后的我在读到这段话时，大为感慨。

乾归所引用的那句话，就是"负乘致寇"的这四个字。这四个字的原典出自《易经·解卦》的六三爻，爻辞是"负且乘，致寇至，贞吝"。它的字面意思是说，拿着自己不该拿的东西，坐着自己不该坐的车，在大街上招摇过市，从而引发了盗贼的觊觎之心，最后占问的结果是近似于凶险的。而乾归把其中的"负且乘，致寇至"这六个字，浓缩成"负乘致寇"这四个字，要表达的意思，和解卦六三爻一样。

要问解卦六三爻为什么如此不祥？那是因为六三爻是阴爻，代表没有才德，又不当位，又在坎卦的最上一爻，坎为险，最上一爻为极度之险，这样的一爻，自然不会吉祥。

乾归引用这句话的意思，是想说自己就像六三阴爻一样，无才无德，却窃据国君的高位，自然会引来他人的觊觎和入侵，所以这次败亡的原因应该由自己完全来承担。其实，这背后有很中国的思维：若内无实德，而外居高位，不是吉兆，迟早会败亡。

西秦君臣在金城之别后，乾归先是在南凉生活了一段时间，然后还是向东投降了后秦。姚兴对他非常礼遇，封他为镇远将军、河州刺史、归义侯，以圈养金丝鸟的方式把他养在长安。

做了九年金丝鸟后，乾归趁乱逃出了长安，回到陇西，重新聚集了旧部族，恢复了西秦政权，实现了他当年说的"苟天未亡我，冀兴复有期"。复国四年后，乾归在一次政变中被自己的侄子公府弑杀，结束了自己颇显传奇的一生。之后乾归的儿子炽盘平定了叛乱，继承了王位，进而灭南凉，拒北凉，把西秦的国势推向极盛的高峰。

纵观乾归的一生，其治国才干是毋庸置疑的，不然也无法在强敌环伺的险恶处境中生存壮大下来，更不可能在亡国九年后复国，并让后人把国家推向极盛。

不过，令人更加感慨的是，乾归身为异族，却对汉族的儒家文化非常熟悉和推崇，并以此来指导自己的事业，这当然是乾归本人虚心好学的表现，更是汉族文化具有强大影响力的证明吧。

第二章

北川说史

大人物的小故事 —— 魏晋名士们的多张脸谱

在中国历史上，魏晋时期是一个特殊的时代，主要表现在几个方面：

首先，在此之前，中原地区的政权都是由汉族建立的，胡人们（即少数民族）从来没能在中原立国。但在魏晋时代，北方的游牧民族第一次进入中原腹地，并成功建立政权，把原本汉人居住的农耕世界变成了自己争夺霸权的战场。所谓"五胡十六国"，就是那个时代中原地区的真实写照，游牧民族和汉族之间在文化、经济等方面的交流，也达到了前所未有的密切程度。

其次，由于北方战乱，晋室南迁，大批士族和百姓也随之南渡，客观上促进了南方经济和文化的发展，开始改变长期以来南方的经济文化落后于北方的局面，这就是中华文明史上的所谓"第一次衣冠南渡"，对于后来一千多年以来中国文化的进程和发展有着重要的作用。

再次，由于魏晋时期的政治普遍比较黑暗和动荡，世族和皇权，乃至世族大家之间的博弈非常激烈，所以很多士大夫都有着强烈的逃避世俗的倾向。而此时，传入中国已经有几百年时间的佛教文化已经走过了最初的奠基时代，开始逐步走向自己的辉煌，其和中国本土的儒家、道家文化不断碰撞交融，使得当时的不少文人都沉醉于这种激荡之中。

当时很多的士族子弟、文人墨客，没事就坐在一起喝茶聊天，一谈能谈一天。而所谈论的内容，则是类似我们现代人谈论外星人、虫洞、暗物质、量子物理学、濒死体验等话题一样，都是一些看似和世俗生活相去甚远的东西。借此，这些人得以躲避世俗政治的黑暗和巨大的精神压力。

这些人，在后世有一个响亮的称呼：魏晋名士。

他们喜好玄学，崇尚清谈，注重仪容，讲究颜值（都是男性，但并非都是弯的），开创了一个中国文化史上前所未有的时代，一个很难形容的时代。

从现在开始，我们就来聊聊那个时代和那些名士们。虽然名士们在当时往往都是大人物，但我在本系列中，却不想再谈这些大人物们如何处理军国大事，如何施展机巧权谋，而是想来谈谈他们日常生活中的一个个小故事，看看他们的多张脸谱。

从某些角度来说，我们现在生活得也不比名士们轻松，人家都要千方百计地逃离压抑，我们又为何不能轻松一点呢？

1. 王戎

王戎，字濬冲，小名阿戎，出自魏晋高门士族琅琊王氏，是西晋时期著名的大臣，官拜司徒，爵封安丰侯。很多人也许不太了解王戎的官职和爵位，但一定了解他所属的乐队、酒吧、作家协会和闲聊俱乐部。这个机构有七位成员，史称"竹林七贤"，王戎，则是其中年纪最小的一个。

王戎从小就很鬼。七岁时，有一次和小朋友一起玩，看到路边有一棵李树，上面结满了李子，小伙伴们争先恐后地去摘李子，只有王戎淡定地一动不动。有个朋友问他为什么不摘，他说，这棵李树长在路边，人来人往的，居然还有这么多李子没被人摘走，肯定是苦的，摘它干吗？大家不信，笑他傻，没想到一吃手中的李子，果然是苦的。相信看到小伙伴们吃到苦李子的酸爽表情，阿戎一定很得意。

长大以后的王戎，是个著名的孝子。晋武帝时期，王戎的母亲去世，他在守丧期间，虽逾越礼制，饮酒食肉，但面容憔悴，身体虚弱，连起身都要扶拐杖。当时的中书令裴楷前往吊唁其母，见到王戎悲恸成这个样子，不禁感慨地说："濬冲因为悲伤过度而导致身体如此受损，人们一定会批评他不懂得节哀保重，而使得去世的母亲也会为他感到不安的啊。"

而与此同时，尚书和峤也遭遇父丧，回家为父亲守丧。和峤在守丧期间，虽然断绝酒肉，清苦生活，但哀毁不过礼，气色不衰。两人虽外在行为不同，内在的孝心却是一致，当时的名臣刘毅在和晋武帝谈起两人不同的表现时，评论道："和峤生孝，王戎死孝。"并建议晋武帝应该更加关心王戎的身体，勿使其哀伤过度。

不过呢，这个聪明的孝子，却是出名的吝啬之徒，在《世说新语·俭啬》中，记载了九件节俭（吝啬）之事，其中居然有四件是王戎的"光荣事迹"，其所占比例之大，吝啬程度之剧，实在是令人瞠目结舌。

首先，贵为司徒、安丰侯的王戎，家财万贯，资产无数，当时洛阳城中无人可及，但是王戎和他太太，却经常要聚在一起，在烛光下，清算整理家中的财物，看看自己到底有多少钱，其仪态根本不像朝廷重臣，十足的一对地主和地主婆。

还有两件事情，也令人啼笑皆非。

王戎的侄子成亲，他这个家财万贯的长辈，居然只送了一件单衣作为礼物。这倒也算了，就当您是个清廉的官员吧，家教也够严，不想养成晚辈奢靡的不良作风，所以才送一件单衣……

但奇葩的是，婚礼结束后，王戎竟然又跑去把这件单衣给要回来了，要回来了，要回来了……不知道王家侄子当时什么感受，我真的很想采访一下。

侄子虽然也姓王，但毕竟不是自己亲生，吝啬一点似乎也说得过去。但是王戎面对亲生骨肉，也没有大方到哪里去。

王戎的女儿出嫁时，向王戎借了数万钱（看清楚了，女儿出嫁，向老爸借钱），王戎对此耿耿于怀。后来女儿依礼回家省亲，王戎就没给她好脸色看，意思是："你丫借我的钱呢？"他女儿一看情况不对，赶紧差人回家拿钱，如数奉还，王戎这才阴转多云，多云转晴：这还差不多。

这让我想起了前阵子看到的一个真实故事，说一个美国富商的儿子被绑票了，绑匪打电话要赎金时，富商居然说："你绑的是他，为啥问我要钱？"这一番义正词严，把绑匪也吓傻了，只能让儿子自己和老爸沟通。谈了半天，结果是富商借了一笔钱给儿子，用作赎金，要儿子以后按期偿还。

虽然故事的后半段讲了富商为所在社区做了大量的公益捐助，稍微改善了一下我对他的看法，但就故事的前半段来看，我严重怀疑这个美国富商是中国晋朝大臣王戎的转世投胎。

如果前面三件事情已经让你大跌眼镜，那关于王大人吝啬的最后一件事，足以震毁你的三观，其"惊艳"程度，堪比临终前要求灭掉一根多余灯芯的葛朗台。

话说王戎家里有上好的李树，品种优异，结的李子又大又甜。为了把这些李子换成钱，王戎让人拿去街面上叫卖（堂堂的司徒、侯爵大人，这点小钱也不放过）。但在临行前，王戎手持利刃，把要卖的李子一个个都戳个洞，而且是贯穿胸背，把内核戳破的那种。简言之，把李子一个个都扎个透心凉，再拿去卖。（只是不知道顾客面对这种李子，还有心情买么？）

你要问为什么这样做？王爵爷自有道理：人家买了我的李子，把肉吃了，不就得到核了么？他拿这个核去种，不就可以得到和我家品种一样的李子了么？那再过几年，市面上都是这种李子，我家的李子不就没生意了么？那我怎么赚钱呢？

所以，我要把核戳破，让人只能吃李肉，不能种李核！

苍天啊，我已经无语了……此处省略一万字的评论，读者自行脑补吧。

以上四件事情，都是在《世说新语》中记载的。就算在正史《晋书》中，也记载了王戎"性好利"，聚敛财物，富甲京城。可见《世说新语》中的记载，也不是空穴来风。

当然，也有人依据王戎其他的一些表现和记载，说这些出格的吝啬行为是王戎的韬晦之术，故意借此毁坏自己的形象，以使政敌对他放心，我觉得倒也不是没有可能。若果真如此，则是王戎有智慧的表现；如果真是吝啬成性，那也只能说明人性之复杂。

关于王戎，还有一则八卦，是和"卿卿我我"有关。更确切地说，这个词就是从王戎那里来的。

王戎的老婆喜欢以"卿"来称呼王戎，这虽然是恩爱的表现，但在当时却是不符合礼制的。因为按照当时的礼法，太太应该以"君"称其丈夫，"卿"，则是丈夫对妻子的称呼。

于是王戎就纠正说："妇人卿婿，于礼为不敬，后勿复尔。"意思是太太叫先生"卿"，这是有违礼制的，以后别这样叫了。

但是呢，他老婆辩才无碍，感情也够热烈，当下回应道："亲卿爱卿，是以卿卿。我不卿卿，谁当卿卿？"意思说，我喜欢你，才叫你"卿"。如果我不能叫你"卿"的话，你准备留着给谁叫？

好家伙，这番说辞，把七岁就人小鬼大的王戎也搞得哑口无言，只好由她去了。自此以后，"卿卿我我"一词就流传了下来，意指伴侣间恩爱亲密。

关于王戎，这个西晋大人物的小故事，我们就先讲到这里，怎么样，是不是很有趣？其实除了真正的圣贤以外，一个人不管他的头衔是什么，身份是什么，终究首先还是一个普通的人，喜怒哀乐，七情六欲，也都是很平常的事情吧。

2. 钟会

看过《三国演义》的朋友，一定都知道钟会这个人物，因为刘皇叔千辛万苦开创的蜀汉政权，就是亡于以钟会为主帅的魏国大军手中，对于这样一个终结者，大家肯定是印象深刻的。

钟会，字士季，是曹魏的开国重臣钟繇的小儿子。他出身高贵，家境优渥，从小就聪敏异常。长大后，更是才华横溢，深得当时的权臣司马昭赏识，是司马昭身边的重要心腹，在诸多政治事件中为司马昭出谋划策，屡建功勋，当时著名的公知嵇康，就是在钟会的强烈建议之下被司马昭下令执行死刑的。

不过，在灭蜀之后，钟会的傲慢和野心急剧膨胀，觉得自己天生奇才，又尽掌魏国精兵猛将，加之灭蜀的功勋天下无比，故在蜀汉降将姜维的撺掇之下，打着消灭权臣司马昭、为曹魏朝廷尽忠的旗号（其实是自己想过皇帝瘾），准备起兵造反。最后尚未开始正式行动，就因不能服众，未能得到魏军将士的拥戴，遭遇部下哗变，死于乱军之中。

人，还是不能太聪明。或者说，聪明没啥大用，浑厚，才是王道。

以上只是简单地给大家介绍一下钟会，在本系列中，军国大事不是重点，重点是这些大人物，曾经有过哪些小故事。

钟会年幼时，有一次趁着父亲钟繇午睡，准备和哥哥钟毓一起偷父亲的酒喝。没想到，当时钟繇正好已经醒了，但为了继续观察这两个小鬼的行动，所以就继续装睡。

接下来，钟繇看到了很妖的一幕：哥哥钟毓在喝酒之前，先行礼拜，然后再喝；而弟弟钟会则没这么多讲究，拿过来直接就干了。

钟毓："你咋不行礼呢？"

钟会："为啥要行礼？"

钟毓："酒，是重大礼仪场合用的，饮酒是这些礼仪流程中的一部分，所以在喝酒之前，当然要按照礼法来行事啊。"

钟会："拉倒吧，我们偷酒喝，这本身已经违反礼法了，还行哪门子礼啊。"

钟毓："……"

我不知道大家怎么看，反正如果我是假装睡觉的钟繇，当时一定假装不下去了，就算不跳起来胖揍那小子一顿，也会哈哈大笑而醒。

后来，钟会的名声越传越大，连魏文帝曹丕也知道了钟繇有这么个儿子。于是在钟会十三岁那年，曹丕让钟繇把这一对宝贝儿子都带来，想看看小朋友到底有什么奇特之处。

面对曹丕，长子钟毓因为从来没见过这么大的腕儿，吓得汗流浃背，大气也不敢喘；而次子钟会则优哉游哉，没事人一样。

曹丕："钟毓，你怎么出这么多汗啊？"

钟毓："我见到陛下，心里害怕，战战兢兢，所以才出那么多汗。"

曹丕："钟会，你咋没汗呢？"

钟会："我见到陛下，心里害怕，战战兢兢，所以连汗也不敢出。"

曹丕："哈哈哈哈……"

不得不承认，钟会小朋友口齿伶俐，脑子好使。

钟会有个亲戚叫荀勖，但是两人的关系并不好，大概见面也要互相斗斗嘴。荀勖有把价值百万钱的宝剑，属于奢侈品之类的，长期存放在钟会的母亲那里。钟会为了让荀勖不舒服，就假冒荀勖的名义，模仿其笔迹，给母亲写了封信，说要把剑拿回去。由于笔迹模仿得太像，钟夫人并没有识破，就让人把剑送回去了，等荀勖知道此事时，宝剑已经归了钟会，荀勖虽然恼火，却也无可奈何。

不过呢，荀勖也不是善茬。你钟会不是能写么？我荀勖还会画呢，你等着，有你好看的。

不久之后，钟会和哥哥钟毓共同出资修建了一座豪华别墅，前后共花了一千万钱。等别墅整得差不多了，但兄弟俩尚未搬进去的时候，复仇者荀勖出现了。

荀勖拿着一支笔，在别墅大门入口的白墙上，把两兄弟的父亲钟繇给画上去了。当时钟繇已经去世，但荀勖的绘画水平实在是高，把老爷子画得栩栩如生，容貌、服饰都和生前一模一样，连衣服的褶子也和生前一样。等到过几天，钟会兄弟准备搬进去时，一进门就发现父亲的画像，宛如生前，两人回忆起父亲的慈爱，不禁悲从中来，抱头痛哭了一场，然后就离开了，不再搬入这栋别墅里居住。

你说这是为啥啊？很简单，荀勖把钟繇画得像活过来一样，这两兄弟看了，就觉得这套别墅已经是父亲在住了，已经是父亲的房子了，既然是父亲的房子，我们怎么可以去夺取呢？所以就不住了。虽然二人都不是傻瓜，在理智上当然不会认为父亲真的住在里面，但荀勖画得实在太像了，兄弟俩在感情上完全被击败了，如果硬要住进去，那会有心理阴影，还不如就让给父亲吧。这房子也没法出售了，因为已经供养给父亲了嘛，所以，就等于空置了。

你看，你夺了人家一把价值百万的宝剑，人家叫你空置一套价值千万的别墅，十倍奉还。

不过，我还是要说，荀勖的计策能够成功，还是因为钟会有孝心。如果面对一个没有孝心的孩子，哪怕老爷子没死，真住在里面，恐怕也会被赶出来，区区一张画，又能有什么用呢？

最后来说说钟会和嵇康。

前面说了，嵇康的死和钟会有很大的关系。嵇康本来就比较狂放，内心又向着曹魏，不愿意和司马家族合作，所以一直以来，司马昭就很想给嵇康点颜色看看。

后来嵇康为了朋友仗义执言，受到牵连，被下了大狱。本来这件也罪不至死，而且还有很多人为嵇康说话求情，甚至要求和嵇康一同入狱。当时有三千名在太学读书的学生们，联名上书司马昭，请求赦免嵇康，让嵇康去太学教书。如此民意，本来可以形成对司马昭的压力，促使他释放嵇康。但是钟会却觉得这恰恰证明了嵇康有巨大的社会影响力。加之嵇康本人是厌恶司马家族的，所以钟会建议趁此机会，除掉嵇康，以免将来司马家要夺权时，嵇康利用他的社会影响力来反对。

客观地说，站在钟会的角度，为老板司马昭谋划，提出这样的建议和理由，也不过分。但是，从两件小事来看，钟会要处死嵇康，可能私心更大于为老板谋划的公心。

因为嵇康的学问非常大，才华特别出色，所以钟会早年是非常敬重，甚至可以说是有点敬畏嵇康。他曾经写了一本书，想请嵇康看看，并给予指导，于是就拿着书去找嵇康。但是到了嵇康的门前，他又不敢拿出来，怕自己写得不好，被嵇康嘲笑，这样可严重伤害自尊心，他受不起，所以就很犹豫，迟迟没有把书拿出来。

但是，同样是出于自尊心，他太想让嵇康看看这本书了，其内心深处应该是想得到嵇康的认同，甚至是想让嵇康看看，我钟会也能写出这样的书。在两难之中，一向潇洒、优雅、讲礼仪的钟会同学做了一个很不文明的动作。

他远远地站在嵇康的家门外，把书扔到嵇康家的院子里去了！然后，脚底抹油，一溜烟地逃走了，也不管是否砸到人，或者是否砸碎了窗户……

在一千多年后的今天，这种行为叫"高空抛物""乱扔垃圾"，那是即使已经很野蛮的现代人都很不屑的行为，身处魏晋这样一个极重外在形象的时代，钟会怎么连这种事情也做得出？

很简单，他想让嵇康看这本书，却又害怕嵇康嘲笑这本书，他脸上挂不住，所以不得已，出此下策。

嵇康看没看这本书，我不知道。我知道的是，嵇康反正是不怎么待见钟会，不怎么待见这个司马昭身边的红人。

有一次钟会带人去拜见嵇康，嵇康正在打铁（没错，是在打铁，虽然他不是铁匠），旁边，同为"竹林七贤"之一的向秀，在给他拉风箱。钟会坐了半天，嵇康也不搭理他，只顾自己挥锤，敲打不停，旁若无人。

大概是觉得很无聊，很受伤，很没面子，钟会就起身准备离开。这个时候，嵇康说话了：

"你们听说了什么而来？看到了什么而去？"

钟会："我们听到了所听到的而来，看到了所看到的而离开。"

言毕，闪人。

这个桥段，虽然钟会依靠几乎狡辩的回答而没落下风，但明眼人都看得出来，钟会在嵇康眼里，根本什么都不是。这种不待见，绝对是钟会这样的有着骄傲内心的人所无法接受的，于是，钟会内心深处从此对嵇康产生了怨恨，也才有了之后建议司马昭杀了嵇康的事情。

不过，嵇康在刑场上弹奏一曲《广陵散》后，从容赴死，成为千古美谈；而钟会呢，只落得个反贼叛逆的名声，且死于乱兵之中，死相应该不会比嵇康好看。这人啊，还是结局最重要吧。

3. 桓温

在中国，对历史人物的评价，有两个词比较常用，即"流芳百世"和"遗臭万年"。一般来说，历史上的大人物们，总是希望身后能有些正面的评价，所以大家都比较喜欢前者，甚至有不少人活着的时候就替自己预留一些正面评价的谥号。而有些人比较大度洒脱一些，就来一句"功过任由后人评说"，也不太强求后人非要说自己好。比如曹孟德，永远是一副"谁懂我"的架势；又比如武则天，墓碑上没字，你们爱写啥写啥（此说虽有争议，但概率不小）。

但是，似乎没人主动要求后人认定自己"遗臭万年"的，毕竟那也太不光彩了，谁愿意做茅坑里的石头？不过大千世界，无奇不有，地球上从来都不缺少奇葩，在中国古代，还真有这样的人。因为在此人看来，流芳百世和遗臭万年，虽然评价上有天壤之别，但却有一种效果是相同的，那就是——后人肯定会记住你！

这个人的名字叫桓温。

桓温，字符子，是东晋时期著名的权臣。他出身于东汉两晋以来的望族谯国桓氏，为人豪爽，姿貌伟岸，气度不凡。因娶了南康长公主，所以成了晋明帝司马绍的驸马，早期曾经在地方上任职，颇有才干。

在荆州刺史任上，桓温积极筹划，准备消灭割据蜀中的成汉政权，为晋室收复四川地区。此举被朝廷认为过于冒险，但桓温却没等朝廷的批复，径直率军西进，结果不到半年，就灭亡了已经在四川立国四十余年的成汉政权，这一成果，使得桓温名声大振，为他后来把持朝政奠定了坚实的基础。

之后的桓温，通过政治手段和三次北伐，在朝中不断累积能量，及至废黜在位六年的司马奕，拥立晋简文帝司马昱，以此来立威，其不臣之心已经非常明显。但是，由于朝中王、谢两大家族的牵制，桓温始终未能真正篡位成功。

晚年的桓温，重病在床，却依然求名不已，强求朝廷为其加九锡（九种特殊的赏赐和礼遇，自西汉末年的王莽以来，加九锡已经成为权臣篡位的必经流程之一），并不断派人催促。朝中的谢安等人见其病势沉重，就不断找理由拖延，最终，可怜的桓温至死都没能加上九锡，以他性格，想必眼都没合好。

桓温的生平事迹大致如此，在谈他的一些小故事前，我们还是首先来看看桓温对于"流芳遗臭"的态度吧。

《晋书·桓温传》是这样说的："然以雄武专朝，窥觎非望，或卧对亲僚曰：'为尔寂寂，将为文景所笑。'众莫敢对。既而抚枕起曰：'既不能流芳后世，不足复遗臭万载邪！'"

文字简单，意思直白，大家应该可以一目了然。桓温，这个司马家的女婿，觉得一辈子默默无闻太可怕了，死后见了司马师、司马昭兄弟（即话中的"文景"）都无法交代，所以如果不能留下好名声，也要努力留下恶名，好歹是留名了。

桓温向来自视甚高，但他也有自己仰慕的偶像，比如，晋朝的司空、并州刺史、闻鸡起舞的主角之一，刘琨。

当年晋室南渡时，北方还有一些忠于朝廷的封疆大吏，因为各种原因没有南撤，而是继续留在北方和胡人周旋，算是在敌后坚持抗战吧。曾经在并州抗击胡人十年之久的刘琨，就是这些晋臣中比较有名的一位。

还在西晋惠帝时期，刘琨就出镇并州。当时他手下只带来了千把人，来到因战火而残败不堪的并州首府晋阳。之后，刘琨在强敌环伺的险恶环境中，安抚流民、发展生产、加强防御，仅用一年时间，就重建了晋阳，使其成为北方地区少数几个长期和胡人抗争的晋朝据点之一。虽然最后刘琨兵败被杀，但是他的才干和气度，还是令桓温非常仰慕，并经常自比刘琨，虽然他从来没有见过自己的偶像（刘琨遇害时，桓温只有四岁）。

巧的是，桓温北伐时，他的部队无意中带回一个老妇人，是刘琨当年家中的歌伎，对刘琨的音容笑貌，是比较熟悉的。这个老人见到桓温后，就潸然泪下，说："您和刘司空很像。"

诸位，如果你也有偶像，如果有人说你和偶像长得很像，你的第一反应是什么？马上问他：像在哪里？有木有？

人同此心，一千多年前的桓驸马，听到老妇人所言，大喜过望，连忙端正衣冠，问出了这个千年不变（其实万年也不变）的俗套问题："像在哪里？"

老妇人说："脸很像，就是薄了点；眼睛很像，就是小了点；胡须也很像，就是红了点；身板也很像，就是矮了点；声音也很像，就是尖了点。"

这、这、这，其实就是不太像嘛……桓温发现原来自己和偶像之间还差了这么多"点",不禁大为扫兴,蒙头睡觉去了,而且之后的一连好几天,都因此而闷闷不乐。

因为自己和偶像有距离,所以非常郁闷,这样的事情似乎不应该发生在桓温这样的大人物身上,但却真实地发生了,可见,大人物,也会有小脾气,说到底,都是人而已,缺陷都一样。

说起小脾气,还有两件小事,也可以看出桓温的甚至能说是可爱之处。

有一年冬天,桓温趁着下雪出去打猎,顺路先去拜访了当时的名士王蒙、刘惔等人。王、刘等人向来瞧不起桓温(当然,桓温也同样瞧不起他们),所以看见一身戎装的桓温,刘惔就嘲讽道:"你这个老家伙,每天就是穿着军装,拿着武器,你想干吗?"

桓温回应道:"如果不是我每天这样,丫几个能没事就在这里唠嗑,一唠一天?"

刘惔的本意是嘲讽桓温是一介武夫,不懂玄学清谈之道,但桓温则有针对性地回击:要不是我这个武夫替国家守着大门,你们这几个书生能安静地坐在这里开茶话会么?

这话说得挺靠谱,都说清谈误国,实干兴邦,相对于刘惔他们的坐而论道,桓温绝对算得上是实干家了,误国的碰到兴邦的,当然只能碰一鼻子灰了。

还有一次,桓温和人聊天时,谈到了当时的名臣谢安和王坦之。

客人:"您觉得,这两位,高下如何?"

桓温把身子朝客人那里凑了凑："这个嘛……"

客人不禁也竖起耳朵，顺带一脸谄媚的笑容："您说，我听着呢……"

桓温似乎突然想到了什么，把脸色一正，身子也靠回去了。

客人："哎哎哎，怎么了您，还没说呢。"

桓温摇了摇头："你是个大嘴巴，向来喜欢传人家的话，我不能告诉你，否则就变成了地球人都知道了。"

客人："……"

说实话，我看到这一段，严重怀疑这是五岁时的桓温：如此直白地点出别人的痛处，说好的城府和圆滑呢？

桓温的小故事还有不少，但最后我还是想向大家介绍一个比较感人的故事，也可以看出这位手握重兵、叱咤沙场的大将军，内心也有着非常柔软的一面。

前文说过，桓温在荆州刺史任上，发动了消灭成汉的战争。因为成汉国在长江上游，荆州在中游，所以桓温需要带着部队坐船，逆流而上。

到了长江三峡一带，桓温部队里有一个人在江边捉住了一只小猴子，可能觉得很可爱，就想豢养起来，所以就把小猴带到了船上，跟着部队一路溯江西上。

可是，小猴的母亲，一只母猴，眼见孩子被夺走，非常悲伤，于是就在岸上一路翻山越岭地跟着船队，一直跟了百余里，还不肯走，而且母猴的哀号之声，整个船队都能听见。

后来，也许是船队停下了，也许是速度放缓，使得母猴有机会跳到甲板上，但一到甲板上，母猴即刻倒地身亡。船上的人都觉得很奇怪，于是就剖开母猴的肚子，想看看它为什么一到船上就死了。结果发现母猴的肠子已经完全断裂，成了一寸一寸的。所以大家推测，母猴很可能是因为孩子被掳走，焦虑、担忧、悲伤过度，一路上又未进饮食，导致内脏破裂而死。

此事太奇怪，连主帅桓温也被惊动了。他听说了这件事情以后，非常震怒，觉得捉小猴的人太不仁慈，就把那个人给开除了。这个故事，也是后世"断肠""肝肠寸断"等词汇的来源。

照理说，慈不掌兵，作为三军统帅，桓温似乎心肠不该这么软，为了一只猴子就把部下给开除了。但是，可能当时的场景太过于震撼，母猴的哀号声和断肠的惨相深深地刺痛了桓温；也可能他觉得作为兽类的母猴尚且都有如此的爱子之心，而相比之下，作为人类的部下，其行为实在是太不应该了；加之桓温自己在少年时代就经历了丧父之痛，所以应该对此类亲情比较敏感，做出这样的举动，也是在情理之中吧。

不管怎么说，这件事让我们看到了桓温内心柔软的一面，哪怕这是一个为了青史留名而不惜遗臭万年的人。

一千多年后的今天，若桓温地下有知，应该可以有安慰。因为他虽然谈不上流芳百世，但也不至于遗臭万年，后人对他的评价，最多也就是"权臣，有野心"之类的，还不至于到"臭"的程度。

最最最重要的是，我们现在都已经知道，历史上曾经有过这么一朵奇葩，也许对桓温来说，这就足够了。

人家为了留名都这么拼，不惜把自己搞臭，我们也就如了他的愿，花一秒钟记住这个名字吧：桓温。

多彩的曹操

　　说起三国时的曹操，在中国可谓家喻户晓。虽然褒贬不一，但这丝毫不影响世人对他事业成功的认可，大家争议的，只是这种成功是否来得正大光明。

　　不可否认，从一个名义上的"官三代"（宦官的官），到最终成为这个国家名义上的二号人物（实际上的一号），曹操的逆袭之路走得并不平坦。他三十多年的艰苦创业史，成了后人一千七百多年以来茶余饭后的热门谈资。而在这些口水中，有一个问题似乎是永远会被提及的，那就是：

　　曹操，凭什么？

　　说起曹操为什么会成功，原因当然也有不少，但有一条原因，是一定会被提及的，那就是：曹操掌握了皇帝，得以用皇帝的名义来发布对自己有利的命令，所谓"挟天子以令诸侯"。当然，这句话在曹操的团队里，则被说成是"奉天子以讨不臣"。

　　无论是"挟"还是"奉"，事实就是皇帝被曹操拿在手里；无论是"令"还是"讨"，事实就是曹操自己的意愿可以变成朝廷的公文来下发。割据各地的太守、州牧们，面对这样的红头文件，如果照办，则等于自废武功、缴械投降；如果不照办，那就是对抗朝廷，给了曹操军事打击的口实。于是乎，诸侯们左右为难，而曹操则是左右逢源，所以，他成功了。

可是，事实真的是这样么？

如果这是听评书，那我就选择相信了。毕竟比起评书里把诸葛亮说成能呼风唤雨的半仙，把张飞说成分贝能震塌一座桥的魔兽，把赵云说成打不死的美国队长，曹操挟天子以令诸侯这种事情，要靠谱得多了。但是，如果你认为现实生活中，拿住一个谁也不当回事的皇帝，就可以为所欲为，把有兵有粮、有地有钱的各方诸侯当猴耍，那实在是图样图森破了。

从表面上看，曹操以皇帝的名义发号自己的施令，谁敢不听就扁谁，的确很爽。但天下事，有一利就有一弊，挟天子这件事情也一样。曹操固然可以对诸侯们说，我给你们的文件都是皇上的意思，但各地诸侯们一样可以说，你丫这是矫诏，是假传圣旨。反正双方都不能证明自己是对的。

更重要的是，放个傀儡皇帝在身边，你是恭敬好呢，还是不恭敬好？如果你毕恭毕敬的，凡事都请示汇报，那你当初把他弄来干吗？嫌自己太自由，给自己找副枷锁？还是嫌自己手上权力太大，要找个人来移交权力？或者你真的是准备匡扶那气数已尽的汉室（这个事情刘皇叔都不想干，你一个外姓曹阿瞒瞎起什么哄）？

可是，如果你对皇上不恭敬，凡事都自己说了算，好，那你的罪名可就大了：汉贼、擅权、准备篡位，等等。事实上，曹操就一直背着这样的骂名，直到今天。

其实，把皇帝抓在手里这种事情，曹操也不是第一个干。就在几年前，西北军阀董卓就干过一回。但结果怎么样？激起全国十几路诸侯的联合讨伐（虽然这些诸侯的动机也不纯正，但人家的口号很正义，是要清除逆贼，拯救皇帝）。当然这种各怀鬼胎的联盟注定不长久，但董卓也被逼得放火焚烧洛阳，退守长安，他非但没能以皇帝来令诸侯，反而被各地诸侯逼得向西逃窜。几年以后，董卓就以试图篡位的罪名被诛杀，而且三族全部被株连抄斩，可谓结局悲惨。可见，拿住皇帝，也等于捧着一颗不定时炸弹，不知道什么时候就会把自己炸个粉身碎骨。

同样是挟持皇帝，在董卓那里就是把自己搞死的一步臭棋，为什么到了曹操这里就变成他成功的秘诀之一了呢？其实无非也就是以成败论英雄，曹、董二人的结局如果互换，今天我们的评论也就该改写了。

讲了半天，我无非就是想说，所谓挟天子以令诸侯，是一把双刃剑，在因此而得到些许政治主动的同时，也给自己带来了不少麻烦。我个人觉得，拿住汉献帝，并没有给曹操的事业增加多少成功的砝码，反而很多时候给曹操惹来了不少政治麻烦，所以，这绝对不是曹操成功的原因，连之一都不是。

曹阿瞒同学的成功，是另有原因的。

曹操一生经历过很多战役，最有名的可能是赤壁之战，而最能体现他个人素质的，我觉得当属公元200年发生的官渡之战。如果要探讨曹操成功的原因，此战应该是最好的一个范本。

官渡之战的交战双方是袁绍集团和曹操集团。当时袁绍刚刚击败了公孙瓒，统一了黄河以北的幽、冀、青、并四州，土地广袤，粮草丰足，兵多将广，一跃成为当时实力最强大的诸侯，已经隐隐显露出要一统天下的态势。

而曹操这边，自从联军散伙，自己单干之后，攻陶谦、灭袁术、诛吕布、驱刘备、败张绣，收降黄巾军余党，几年间苦心经营，算是勉强占据了兖州、徐州等地以及豫州和关中的部分地区，但是，无论是在土地面积、人口数量、钱粮储备、军队规模等方面，都无法与袁绍相比。而且，袁绍已经完全统一了黄河以北，背靠大漠，没有后顾之忧，可以集中力量专注对付南面的曹操；而曹操则处于四战之地，南面有张绣、刘表，东南有孙策，西面有马腾、韩遂，曹操在对抗袁绍的同时，还要分兵来防范这些周边的诸侯，兵力和精力，都捉襟见肘，不得专注。用围棋的术语来说，袁绍当时占据了"金角银边"，而曹操，只是占据了一个四面漏风的"草肚皮"。基于上述种种原因，在当时，很多人并不看好曹操。

面对如此的情景，不要说外人，曹操自己心里也发虚。所以当袁绍写了一封口气傲慢，带有威胁性质的书信给他后，曹操一改往日的从容淡定，变得焦虑不安。这种变化，他身边的部属们都看出来了。

于是，钟繇跑去问荀彧："老板最近是怎么啦？是不是还在为前阵子败给张绣的事情闹心？"

荀彧说："不可能。以我们老板的为人，绝对不会长期沉浸在往日的失败中出不来。一定有别的事情让他焦虑。"

但到底是什么事情呢？即使像荀彧这样的首席谋士，也猜不透，不如直接去问。

面对荀彧的询问，曹操满脸愁容地把袁绍那封信拿出来，问道："这个家伙太嚣张了，我很想讨伐他，但我们现在实力不如人家，怎么办？"

其实，曹操和荀彧都清楚，什么讨伐袁绍，人家不来扁我们就阿弥陀佛了。但看袁绍那封信，大家打一架是不可避免的，而曹操，对打赢袁绍，没有信心。

面对老板的忧虑，荀彧胸有成竹地说出了一段话，从这段话中，我们可以窥见曹操内在所具备的成功特质。

荀彧说："古之成败者，诚有其才，虽弱必强，苟非其人，虽强易弱，刘、项之存亡，足以观矣。今与公争天下者，唯袁绍尔。绍貌外宽而内忌，任人而疑其心，公明达不拘，唯才所宜，此度胜也。绍迟重少决，失在后机，公能断大事，应变无方，此谋胜也。绍御军宽缓，法令不立，士卒虽众，其实难用，公法令既明，赏罚必行，士卒虽寡，皆争致死，此武胜也。绍凭世资，从容饰智，以收名誉，故士之寡能好问者多归之，公以至仁待人，推诚心不为虚美，行己谨俭，而与有功者无所吝惜，故天下忠正效实之士咸愿为用，此德胜也。夫以四胜辅天子，扶义征伐，谁敢不从？绍之强其何能为！"

（古文晃眼，可以略过不看，重点下面都用白话讲了。）

　　荀彧的这番话，其重点就是：老板你有四个优点，正好克制袁绍的四个缺点，所以这一仗，咱赢定了。

　　首先，袁绍外表待人宽厚，内心却很忌才，而且疑心重，不能放手任人；而老板你不拘于成法，唯才是举，这是你的气度超胜于他。

　　其次，袁绍面临重大决策时，往往优柔寡断，容易丧失机会；而老板你决策果敢，项目推进中又能根据情况而随机应变，这是你的谋略超胜于他。

　　再次，袁绍治军不严，法令松散，所以他的兵虽然多，却没啥战斗力；老板你军纪严明，赏功罚过，士兵虽少，但大家都愿意效死力，这就是武功方面你超胜于他。

　　最后，袁绍自认为出身高贵，沽名钓誉，招揽人才，往往仅看重外在的名声。他手下很多人，也只是徒有虚名，并无真才实学；而老板你待人以诚，律己谨俭，不重虚名，但凡有真本领，能建功立业者，你从来不会亏待他们，所以天下真正的贤才，都汇聚而来，这是你的德行超胜于他。

　　坦率地说，这四优四劣，还是有点水分，但水分不是很多，袁绍和曹操二人的特点，基本已经包含在内。可以说，荀彧所谈到的曹操那些优点，才是他能获得成功的外在条件（不是内在福德）。

　　在官渡之战中，两位统帅的上述性格特点都淋漓尽致地呈现了，具体的我就不展开了，总之，大家通过荀彧上述的话，可以知道唯才是举、果敢应变、法制严明、待人以诚、赏功罚过、不吝恩赐等，是一个优秀领导人需要具备的特质。

另外，在官渡之战中，还有几处细节，也值得我们关注，我个人认为，这也是成大事者，值得注意的地方。

其一，当两军在官渡相持数月后，曹操首先感到吃不消了。他的士兵本来就少，现在又非常疲惫，军粮也很不足，后方也不安定，他几乎已经失去了坚持的信心。于是他写信给留守后方的荀彧，说自己想放弃官渡，退守许都。荀彧在回信中，劝说曹操一定要坚守下去，因为两军相持，大家都很疲惫，就看谁更能多坚持一会。而且从天道的规律来说，任何的相持，都不可能是永远的，相持到一定时候，大势就会向某个方向倾斜发展，所以荀彧说主公你一定要坚持到发生变局的那一天，千万不可此时放弃。曹操接信后，又坚定了信心，继续和袁绍在官渡相持。事实上，变局也很快就到来了。

这个细节提示我们，成大事者，需要有坚毅之心，而且越是困难的时候，往往意味着变局即将到来，所以越是需要坚持。因为自然界的规律就是这样，没有一种状态会永恒存在，所谓"困难一定会过去"之类的话，根本不是鸡汤，而是天道。

其二，官渡之战的转折点，是袁绍阵营的许攸叛逃至曹操这一边。曹操听说这位昔日旧友来投，兴奋地连鞋也顾不上穿，光着脚就跑出来迎接。这一方面可以视作是曹操不拘小节、礼贤下士；另一方面也可以看出他实在是太焦虑、压力太大了。他很清楚，许攸此来，一定会有利于自己，所以急于见到许攸，咨询脱困良方，光脚也无所谓了。

许攸果然献计，要曹操火烧袁军的粮仓乌巢，如此，则袁绍的十万大军立马就会崩溃。听上去这很合理，但前提是：许攸来投是真心的，而不是袁绍的阴谋。但是，时间紧迫，曹操根本无法核实许攸是否是真心投奔。在这样的情况下，他选择相信许攸，选择冒一次险，当晚就亲自率军袭击了乌巢，把袁绍的粮草全部焚毁，这也成了官渡之战的转折点。

从这个决策中，我们看到了一个赌徒式的曹操，似乎有违他一贯多疑善思的性格，但是，这恰恰是在当时的场景下，所需要具备的一种特质。此时曹操的粮草几乎已经耗尽，如果再不立即想办法击溃袁军，那就真要全军溃败甚至全军覆没了。与其束手待毙，不如一冒风险，换作是我，可能当时也会选择相信许攸。成大事者，需要有放手一搏的勇气和胆识。如果什么事情都要十拿九稳才行动，那很多机会就失去了。

当然，我不希望有读者拿着这句话，当作自己思虑不周、盲目冒进的借口。如果你因此而决策失误、投资失败，我不能为此而负责。能辨清何时需要谨慎，何时可以一搏，这本身就是一种智慧。

其三，战后，曹军缴获很多袁军的文档资料，其中有不少是曹操手下人和袁绍暗中来往的信件。有人建议曹操按照这些信件的署名来清查内奸，但曹操却将其付之一炬。他事后解释说，当时袁绍强盛，我自己都没有必胜的信心，更何况我的员工呢？所以大家为自己留条后路，是可以理解的。我现在把这些信都烧了，大家就可以安心了。

要说这个动作没有一点作秀的成分，完全是出自真心，我也不太相信。但是，曹操的高明之处就在于，通过这个真假难辨的动作，显示了自己的心胸气度，也安抚了内部人员，使大家能继续安心工作，又让这些人对自己产生感恩之心，未来可以更好地为公司做贡献。成大事者，需要有这样的心胸气度，也需要了解员工的心。

不过，我也相信，这个动作里，有真诚的成分在，这也正是曹操性格中复杂的地方。当然，这只是我个人相信。

我和一些朋友也谈起过，我是比较喜欢曹操这个人物的。如果要说为什么喜欢，我想可能就是因为他的复杂。虽然从本质上说，每个人都很复杂，但人性的复杂，在曹操身上体现得较为明显，也很有意思。他才兼文武，多疑善谋，既有为国为民之心，也有利己利家之欲。晚年位极人臣而头脑清醒，临终不谈国事而分香卖履，这样的一个人，难道不是很有趣的么？

历史的惊人相似处

都说历史会不断重演，过去的事情会一再出现，对于这类说法，人们可能已经是耳熟能详了。但是，可能很少会有人真的去细究一下，历史到底是如何重演的？历史上的大事件，难道真的是一再发生而且惊人相似么？

我从小学起，就对历史非常感兴趣，除了课堂上教的那些历史知识以外，自己还看了很多课外书。一开始当然是看故事，但看着看着，就会发现好像有些故事前面都发生过，只是时间、地点、人名改了一下，其事件的本质，并没有什么改变。

今天，就和大家一起分享一下，历史上的一些大事件，看看其中惊人相似之处。

看过《三国演义》的朋友都知道，罗贯中的开篇第一句话就是"天下大势，分久必合，合久必分"。分裂与统一，是贯穿中国历史的主线之一，在这一分一合中，就有很多的惊人相似处。

在我看来，迄今为止，中国历史上有过三次大分裂时期（当然，这只是我个人的看法。我不是历史专业出身的，所以很多的描述可能不是历史学界的共识和常识，只是我个人的观点而已，这个首先要向大家声明），分别是春秋战国时期、三国两晋南北朝时期、两宋辽金夏时期，而这三个时期，最终都归于一统，这个一统以及后续的发展，就很相似。

这个相似就在于：终结分裂、统一天下的三个朝代，秦、隋、元，往往在统一以后，存在的时间都不长，甚至可以算是短命王朝。而在三个比较短命的王朝后面，分别出现了三个中国历史上著名的长久而兴盛王朝：汉、唐、明。

以下来看实例：

周平王东迁以后，周王室威望下降，天下开始慢慢出现分裂的倾向。至战国，则诸侯割据已经变成了新常态。最终，秦国一统天下，建立了第一个中央集权的统一国家。如果从春秋时期算起，这次大分裂持续了五百多年。

但是，秦一统六国，结束了长达五百多年的大分裂之后，仅仅十五年，就土崩瓦解了。经过短暂内战后建立起来的汉朝，却成了中国历史上第一个持久、强大、稳定、统一的中央集权王朝，两汉时间跨度长达四百余年，如果连刘备的蜀汉政权也算上（事实上也是，刘备本来就是汉室宗亲，在蜀地建立的政权，本意也就是延续和继承汉朝正统的，并非自己另外立国），那刘氏子孙的汉朝国祚，时间超过四百五十年，是周朝以后中国历史上持续时间最久的王朝了。而且，汉朝对中国文化的影响力非常巨大，独尊儒术、以孝治国、巩固中央集权，这些影响了中国人两千余年的思想，都是在汉朝奠下的深厚基础；汉服、汉语、汉族，这些我们今天使用的词汇，也是汉朝对中国文化影响力的一个明证。

以上为第一次大分裂结束及其后续。

第二次大分裂，是三国两晋南北朝，时间也有三百多年，虽然其中西晋曾经统一过全国，但维系统一的时间只有三十多年，只占整个大分裂时期的十分之一，故我个人认为这个"统一"可以忽略不计，整体上，自东汉灭亡，此后三百余年，中国都是分裂的。

至公元589年，隋朝重新统一中国，也仅仅是过了不到三十年，就亡于各地的民间起义，而取代它的，是一个不仅中国人熟悉，连很多歪果仁也听说过的强大王朝：大唐。

大唐对中国文化，乃至世界文化的影响，就不用我在这里多费笔墨了，它立国二百八十九年，虽然不如大汉，但它对后世的影响力，却远远超过了汉朝。可以说，汉朝是奠定了中国两千余年以来文化的格调，而唐朝，则将其发展到了一个高峰。

以上为第二次大分裂结束及其后续。

我觉得虽然汉、唐两朝天下闻名，但它们其实是站在前面秦、隋两朝基础上而起来的，在很多方面，它们是对前朝有很大继承的。可惜秦、隋太短命，有点替汉、唐做了嫁衣的感觉。所以，我们现在一般都是把秦汉、隋唐作为一个时期连起来称呼，让后人知道曾经有这么两个伟大的先驱者。

汉唐两朝，还有一个大地方是惊人相似的，就是在它们的晚期，都是地方势力强大，乃至可以割据一方；中央则是被某一强大的割据政权所控制。最后，两朝都亡于军阀割据，在这一点上，后面的大明则和它们不同。

再来看第三次。

首先来谈一个问题：对于南宋，因为它只有南方半壁江山，所以大家都会承认它不是一个统一的王朝。但是北宋，作为五代十国的终结者，算不算是重新统一了全国？

我个人觉得不算。

唐朝灭亡后，经历了几十年的五代十国分裂，北宋重新统一了中原和南方地区，这些地方基本上是汉族人占多数的地区。而北方则被辽占据，西北方则是西夏，可以说，相比于汉唐，北宋的版图是大大缩水了，一些在汉唐时期属于中国的地方，在北宋时则被异族政权所占领，所以我个人认为，北宋虽然面积不小，但相比于汉唐版图，它并不是一个完整意义上统一的王朝，一些在汉唐时代归入中央朝廷的地区，当时则被不同于北宋的其他政权所占据，故此我把两宋时代，都归于分裂时期。同时代比较大的割据政权，分别有辽、西辽、金、西夏、大理、蒙古和吐蕃诸部等。

这个分裂时代的跨度，从907年的唐朝灭亡开始算起，直至1279年元朝消灭南宋，也有三百多近四百年的时间。成吉思汗统一蒙古后，蒙古人开始逐步消灭其他政权，开始了可能是人类历史上最疯狂而野蛮的征伐。他们的足迹远至今天的德国，在欧亚大陆上建立了四个汗国。而元朝，作为蒙古四大汗国中领地最大的一个，也是名义上的蒙古中枢所在，它的版图除了蒙古本土，还包括了前面所说的西辽、金、夏、宋、大理和吐蕃,超过了中国历史上所有的王朝,它甚至把一些之前从未属于中原政权的地方,比如吐蕃、比如现在归俄罗斯的西伯利亚,都囊括了进来,是中国历史上从未有过的巨无霸。

不过这个庞然大物的命也不长,从1271年元世祖确立"元"这个国号算起,到1368年元顺帝被赶出北京城,只有九十七年;而如果从1279年灭亡南宋、统一全国算起,则只有八十九年。这点国祚,不要说和汉唐盛世不能比,就是一向被认为残缺文弱的两宋,也享国三百一十九年,都远胜于元朝。难怪乎日后清朝灭明,入主中原后,大明的属国朝鲜,一直私下念叨"胡人无百年国运",内心始终不肯承认清朝的正统地位。后来虽然表面上不得已归附清朝,公文材料需要用大清的年号,但内部有人一直使用"崇祯"年号,直至清末(你能想象某一篇文章的落款处写着"崇祯二百三十年"么?这皇上也太能活了,画面不忍直视……真心为高丽汉子的执着而感慨)。

元朝灭亡后,大明成了最后一个由汉族人建立的大一统王朝,它立国二百七十六年(如果把郑克塽降清、明朝最后一位宗室朱术桂殉国算作是大明的彻底灭亡,那明朝的国祚有三百一十五年),其辉煌程度虽然不如汉唐这么耀眼,但也有诸如郑和七下西洋这样举世瞩目的壮举。郑和下西洋时,日后的海上强国,什么葡西两牙、大英帝国,还都不知道在哪里睡觉,乃至整个欧洲,都还沉浸在中世纪的黑暗之中。

这是第三个大分裂时期及其后续。

这里面大的相同点,简言之,就是结束分裂的朝代往往短命,但它的后继者则往往会成为一个伟大的王朝和重要的时代。这一点，在秦汉和隋唐时期，尤为明显。

其他还有一些小相同点，比如，短命王朝都是亡于农民起义；而新王朝的建立者都是原先起义军中的一支；而汉唐两朝均亡于军阀割据，则是相似中的相似了。

那么，为什么？为什么会这么相似？

我不知道正统的史学界对这个问题有没有说法，甚至是否认为这是个问题（我是指惊人相似这种现象），但我个人觉得，在惊人相似之中，还是有迹可循的。而这种规律，在秦汉和隋唐时期，显得尤为明显，所以下面的分析，就暂时把元明搁置一边。

秦隋两朝，都是大分裂的终结者，所以在结束分裂后，都需要有一个对国家进行大规模的重新改造和建设的过程，以符合大一统国家的需求，这一点，秦朝尤为明显，比如统一文字、度量衡、钱币、修长城、扩建道路，等等；而隋朝的开国皇帝杨坚虽然动静没有秦始皇这么大，但他的好儿子杨广却整了不少事，比如开通大运河、西灭吐谷浑、东扁高句丽，也是一代大有为之君。而秦隋两朝所做的一切，虽然从国家乃至后世的角度来说，颇有意义和必要，但浩大的工程需要大量民力和财力，所以着实苦了当时两朝的百姓。两朝百姓们被沉重的徭役和赋税所压迫，实在活不下去，只好起来造反。加之国家刚刚统一，全国民众的凝聚力还不是很强，有个什么动静，大家重新回到裂土而王的时代也没什么思想障碍，这一点，也是在秦末体现得特别明显。

而秦隋的继任者汉唐，一方面是吸取了前朝滥用民力的教训，轻徭薄赋，与民休息；而另一方面，从某些角度来说，前朝已经把很多活都干了，它们现在只要享受成果就好了，也不需要太多民力去折腾事，所以建国之初，百姓就容易安抚，局面就容易稳定。而一旦挨过了建国初期的不稳定时段，几十年后，百姓对朝廷的认同感不断增强，那么只要没有大的施政失误，这个政权就能延续好长一段时间。

其次，领导人个人素质也很相似。

秦始皇固然是雄才大略，一生功业无限，却在接班人的问题上，犯了大错。被小人赵高钻了空子，把只懂享乐、智商不够的胡亥扶上了位，结果可想而知。如果当年长公子扶苏能够即位，可能秦朝就不会这么快灭亡。

而隋文帝杨坚，虽然才干气度不如秦始皇，但为人节俭，像土财主一样攒钱，所以在位期间，国家很不错；但到了二代隋炀帝，则几乎是个"秦始皇+胡亥"综合体，其雄略不亚于始皇，其骄奢淫逸、贪图享乐、好大喜功也不输给秦二世，把老爸留下的家底全部折腾完，最后把命也搭进去。

反观汉唐两朝，初期的几位领导人都很优秀，汉朝的文景武三代，唐初的太宗和武后乃至玄宗，都是中国历史上数得上的有为明君；即使过了鼎盛期，汉朝尚有昭帝宣帝，到了东汉又有光武、明、章、和诸帝，而唐朝在安史之乱后，也有宪宗宣宗等不错的领导人，所以国家在他们手上，起承转结，能延续数百年。

至于其他原因，我相信也是有，不过有些可能是看得见，有些则是看不见。总的来说，中国历史上三次大分裂之后的重归一统，有很多相似之处。

下面再说一个历史上的惊人相似。

说起三国，大家一般都知道是魏蜀吴三国，但其实，在中国历史上，还有一个"后三国"时代，只是这个说法一般不太被提及，所以知道的人不多。

所谓的"后三国"，是指在南北朝后期，中华大地上三个主要的割据政权：南陈、北齐、北周。当然，此时还有一个小小的傀儡政权，就是延续南梁的"江陵小朝廷"，史称"西梁"。但它实在太小了，辖地只有江陵附近的几个县，又没有独立主权，所以一般不把它看成是第四国。

后三国和前三国，有一个不同处在于，前三国是北一南二，即北方是魏国，而南方是吴蜀两国；而后三国则是南一北二，即南方是陈国，北方是周齐两国。

但前后三国，归于一统的方式，却是惊人的相似。

先来看看前三国的统一方式。

公元263年，魏灭蜀；265年，司马炎篡魏，改国号为晋；280年，晋灭吴，统一全国。

再看看后三国的统一方式。

公元577年，北周灭北齐；581年，杨坚篡周，改国号为隋；589年，隋灭陈，统一全国。

从中我们可以看出，有几个完全一样的地方：

1. 最终统一全国的，不是三国中的任何一国，而是第四方。

2. 第四方都是三国中最强国的权臣，其建国方式都是以所谓接受本国国君"禅让"的方式完成，其实就是篡位。

3. 第四方篡国的时间都是在最强一国攻灭另一国之后。

4. 全国统一的方式，都是三国中实力最强的一国先灭了其中另一国，然后自己被本国内的权臣篡位，进而改朝换代。而新朝在稳定局面后，再攻灭三国中剩余的最后一国，完成统一。

怎么样，是不是很有意思？

至于你要问为什么，对不起，我也没想明白，似乎从表面上，看不出有什么必然的原因，也许、也许，这就是命吧……

此外，还有一个非常有趣的现象，也是在中国历史上经常发生的，我觉得，也算是一种惊人的相似吧。

在中国历史上，如果出现东西或南北对峙的政权，往往是处于西、北方位的政权比较强，而处于东、南方的政权比较弱。而最后，则基本都是前者消灭后者。

我看了一下，好像只有明朝初年建都南京时，和定都北京的元朝政权对抗时，最终是明军赶走了元顺帝，算是一次例外，除此以外，似乎无一例外。

当然，我这里讲的东西和南北政权对峙，指的是双方都是比较大的、正统史书上记载过的正式政权，而一些小朝廷、不入史册的民间朝廷、非正式的地方割据势力，不算在此列。

下面，我们就来简单看看是否如此：

战国末期，秦处西方，以一国之力抗衡山东六国，最终逐一灭之。

楚汉相争时，汉西楚东，最终汉灭楚。

三国时，北方的魏国、晋国，最终消灭南方的蜀国、吴国。

两晋南北朝，最终是位于西北方的隋，统一全国。

五代十国时，位于北方的北宋，最终消灭南方诸国（这里面有个北汉，算是在宋的北面，但它太小了，可以忽略）。

宋金元时期，最终是位于最北方的蒙古人，消灭了南方的西辽、金、西夏、南宋、大理、吐蕃等国。你说东方的蒙古人把西方的欧洲人打得魂飞魄散怎么说？嗯，这个算世界史，咱说的是中国史。再说，蒙古人最后不也没有完全消灭欧洲人嘛。

明末，北方的后金，即大清，入关后不断消灭明朝在南方的残余势力，最终攻克东南方的台湾，统一全国。

那么为什么呢？

要说听上去稍微靠谱一点的理由，那也就是西北方的地理位置比较高，面对东南方的政权时，占据地利，以后顺江东下，或者从山上下来，在军事上有优势，在心理上也有点泰山压顶的架势，东南方的挡不住。

还有就是，西北方的人比较彪悍，体格也好，能打，相对来说，东南方的人比较文弱，读书写文章可以，打架有点吃亏。

其实，上述两条理由听上去也有点不是特别靠谱，但是和下面这个理由比起来，可能还是要靠谱多了。

下面这个理由，是我在大学里偶尔想到的，二十多年以来，一直秘而不宣（不是不想申请专利，而主要是听上去太不靠谱了，说出来怕大家笑话我太愚昧，没文化），不过呢，在这个娱乐至上的时代，我的思想负担也就不是那么重了。把这个不靠谱的理由说出来，博大家一笑吧。

为什么西、北往往强于东、南，乃至最终灭之？

是因为，从中国传统的五行观点来看，西方属金，北方属水；而东方属木，南方属火。五行生克的道理，是金克木、水克火，所以西、北方，往往最终胜东、南方。

如果你问朱元璋为什么定都南京，能够打败在北京的元顺帝？嗯，五行中，也有所谓"相辱"的说法，就是有时候，少数时候，木太强大了，也可以反过来克制金；火太强大了，也可以反过来克制水。因为原来金水是克制木火的，现在反过来被克制了，就好像被原来的手下败将打败了，所以叫"辱"。所以，朱元璋的事件，我觉得应该是属于"相辱"。

而且，古人说"智者千虑，必有一失；愚者千虑，必有一得"，在惯常的状态中，偶尔出现一点反常现象，也是这个世界的规律吧？就像现代所说的"黑天鹅事件"，概率很小，属于一般经验以外的事件，但还是有可能发生。

如果你看到这里想骂我，说这个五行生克太不靠谱，呵呵，我也没有意见。这个理由，本来就是我自己的一种臆想，没有根据，没有证据，只是说出来娱乐大家的，大家笑过就好了，也不必太当真啦。

当然，我相信除了我前面讲的这些相似，历史上应该还会有很多惊人相似之处，只是我们没有专门去调查研究而已。我想说的是，既然"历史重演"是有事实依据的，那么学习历史的必要性就非常大了。因为你可以从已经发生的事情中，比较准确地推测出将要发生的事情，而这种能力，会对你获得幸福快乐的人生，有着重要的帮助。

刘备东征：一场不得不进行的豪赌

公元221年，刚刚登基称帝的蜀汉昭烈皇帝刘备，打着为大将关公报仇的旗号，举全国大部之力，出师东征，讨伐孙权，拉开了号称三国史上"三大战役"中的最后一战"猇亭之战"的序幕。

战事初期，汉军连战连捷，不断向吴国腹地推进。这一方面固然是因为汉军初来，士气正旺；另一方面也是由于吴军主将陆逊有意进行战略撤退所致。双方战至222年，汉军东进的势头已经被完全遏制，吴军据险而守，拒不出战，刘备也不得不在山林中连营数十座，以避暑气，准备秋后再战。

后来的事情，大家都知道了。陆逊火烧连营，大破汉军，刘备几乎仅以身免，败退回白帝城，并在223年去世，留下了一个看似呆萌的后主刘阿斗，一个鞠躬尽瘁的老臣诸葛亮，和一座风雨飘摇的蜀汉江山。

长期以来，关于刘备东征这件事，比较主流的看法是他不应该东征。正是由于他不听群臣的劝谏，刚愎自用，执意东征，才会招致如此惨败，并赔光了家底，害得诸葛亮后来在治国时捉襟见肘，苦不堪言。甚至，很多人认为蜀汉政权之所以在三国中实力垫底，就是因为刘备的这次盲目冲动的东征所致。

其实呢，对此我倒一直有不同的看法，甚至我觉得，在当时的情况下，东征，是刘备不得不做的选择，如果我穿越回去做刘玄德，大概率也会选择东征。

那么，其中的理由是什么？下面我们就来谈一谈。

刘备的这一生，其实过得很艰辛。在遇到诸葛亮之前，基本是丧家之犬，居无定所，惶惶不可终日。而遇到诸葛亮之后，在刘表去世、曹操南征、赤壁之战等一系列历史事件的进程中，刘备有惊无险地闪转腾挪，逐步摆脱了持续二十年之久的霉运，开始步入了事业的上升通道。之后的十几年里，他取荆襄、占益州、攻汉中，至公元219年，刘备已经坐拥天下三分之一强的领土，并自封汉中王，达到了事业的顶峰。

不过呢，接下来的情况却是急转直下。就在刘备称王的当年，驻守荆襄的大将关公起兵北伐曹操，在形势一片大好的情况下，遭到东吴的背后突袭，不仅丢失荆襄的领土，自己也被俘遇害，这成了蜀汉政权由盛而衰的一个重要转折点。

接下来的问题是：刘备该怎么办？

反对刘备东征的观点都认为，此时的蜀汉，刚刚经历一场大败，人心和物资都需要时间恢复，所以应该按兵不动，休养生息，待力量恢复后，再找孙权算账也不晚。但是，我觉得这样的观点过于教条，没有实际分析当时的天下大势，依据当时的情况来看，刘备如果还怀有天下之志，不甘心终老于四川盆地，那东征，才是最好的选择。

理由有二。

首先，荆襄的战略位置实在太重要。

荆襄战役的失利，对于刘备集团的打击是非常大的，但最严重的打击不是折损了股肱大将和数万士兵，而是荆襄地区的丢失，使得蜀汉政权一下子从原本可以进取天下的态势，变得只能偏安一隅了。

在荆襄丢失前，蜀汉不仅拥有荆襄地区富饶的土地、人口、钱粮，还可以在时机成熟时，从汉中、荆襄两路出兵，进取中原，实现《隆中对》中的第三步战略。但荆襄失守后，不但土地、钱粮、人口这些战略资源没有了，连想要进取中原，也只有汉中的崎岖山路这一条了，这种差别，可以在荆襄丢失前后的地图中一眼看出。后来诸葛亮五伐曹魏，都无功而返，很重要的一个原因，就是汉中那条路，实在太难走了，部队和粮草，转运都很不方便。

所以，刘备如果还想夺取全国政权的话，那就必须要夺回荆襄，否则，无论是战略资源和地理位置，仅靠益州和汉中，都远远无法支撑他的全国统一梦。

退一步说，就算刘备没有天下之志，仅仅为了更好地维护蜀汉的安全，荆襄这块地方，也是必须要拿下的。

从地理位置来看，荆襄相对于吴、蜀两国来说，就好像是足球场上的中场地区一样。熟悉足球的朋友都知道，历来得中场者，赢面会比较大。谁如果放弃中场，全部龟缩在自己的门口，被对方占据中场压着打，那要守住自己的球门，会非常辛苦。只有和对手争夺中场，把战火烧到远离自家球门的地方，才能更好地保护球门。

简言之，进取天下需要荆襄，保住川蜀也需要荆襄，于攻于守，刘备都需要荆襄。

也许有人会说，荆襄很重要，应该夺回是没错，但是，为什么非要这么急呢？好好休养几年，再考虑这个事情，不是更加稳妥么？

这种观点看似稳健，但其实没有考虑到第二个理由，那就是：刘备等不起，蜀汉也等不起。换言之，在那个时候东征，是最合适的时机，或者说，也几乎是最后的机会。

说刘备等不起，主要是他的年龄。

刘备出道虽早，却久不成事，年近五十，还是乘着赤壁之战后的混乱局面，才算是有了自己的一点地盘。之后虽然领地逐步扩大，年龄也是同步增长，到了称汉中王那一年，虚岁已经五十九了，放在今天，也是要等退休的年龄了。而在一千多年前的三国时代，这个岁数，说剩下的时间以天来计是有点夸张，但说要以月来计，则绝对合理。事实上也是，从公元219年秋天刘备称汉中王，到221年初夏称帝，再到223年初夏病逝于白帝城，刘备称王之后的生命，满打满算，未满四年，不足四十八个月，而称帝后的岁月，更是只有两年，二十四个月。

刘备在称王时，当然不知道自己还能活多久，但也肯定知道，活不了太久。此时的他，就算自己知道已经很难在剩余的时光里夺取全国政权，也需要为子孙计，为后代留下一个相对好一点的环境，所以时不我待，必须趁自己还活着的时候，夺回荆襄。

一百多年后，五胡乱华的时代，后燕国的开国皇帝慕容垂，在晚年时也遇到了类似的问题。面对日渐强盛的近邻北魏，慕容垂不想给子孙留下这个祸患，于是不顾自己已经七十高龄，仍然御驾亲征，试图在自己的有生之年，趁北魏还不是太强大的时候，消灭这个麻烦。然而，初战告捷之后，一代雄主却因高龄和心情的双重打击，病逝于军中。而在他去世后，后燕在北魏的强大打击下迅速崩溃、分裂，乃至灭亡。

说蜀汉政权等不起，则可以从内外两个方面来看。

就内部来说，一是刘备年事已高，一旦去世，则接班人刘禅的威望远不如其父，要捋顺内部关系，团结群臣，再创辉煌，绝非短期内可以做到；另一方面，则是此时关公遇害未久，以他在蜀汉政权内部的地位和声望，短期内，大家尚可共秉悲愤、同仇敌忾，若迁延时日，大家的热乎劲过去了，再要动员起来，就困难了。

简言之，蜀汉政权内部，需要抓住刘备尚且健在、关公遇害未久这个时机，结成最广泛的统一战线，一致对外，如此，则获胜的概率可以提升。如果过了这个时间点，这两个条件少了一个，再要把大家动员起来，就很难了。

而就外部来说，也有两个原因。

第一个原因，是此时东吴刚刚占据荆襄，立足未稳，当地老百姓还是比较熟悉刘家人的统治（刘表、刘备），如果刘备能短期内卷土重来，则民心归附的可能性很大。如果再等上三五年，等东吴在荆襄的统治稳定了，老百姓熟悉姓孙的老板了，那就算届时刘备未死，蜀汉内部依然热血沸腾、矢志报仇，想要得到荆襄地区百姓的认同，就难多了。

换句话说，尽快打回荆襄，当地老百姓还是会认为你是来光复故土的，还会把你当自己人；如果拖得时间久了，你再要去打荆襄，那当地人就会把你当侵略者。一个是解放军，一个是日本鬼子，待遇能一样么？

要说这人心的变化，我们可以来看一个一千年后的案例。

当北宋初亡，南宋军队数度北伐时，北方的汉族百姓们往往都是站在南宋军队这一方，因为他们认为自己是宋国人，现在做了亡国奴，被金国人统治了。一旦南宋的军队来了，这些汉族百姓就会感觉是祖国的军队来解放自己了，著名诗人陆游的"遗民泪尽胡尘里，南望王师又一年"，正是这种心情的写照。而时过境迁，一百二十年后金国灭亡时，我们却看到了另外一个场景。

蔡州城破时，金哀宗自缢殉国，他身边的重臣张天纲被南宋军队俘虏，并押送至临安。面对临安知府薛琼的质问，张天纲凛然回答道："国之兴亡，何代无之？我金之亡，比汝二帝何如？"各位看官，请大家注意这句话中"我金"和"汝二帝"，张天纲心里把谁看作是自己的祖国，也就很清楚了。如果你是薛琼，听了这两个词，会不会气得手发抖地指着张天纲说："你这个忘了祖宗的汉奸……"事实上，当时的薛大人也是气得大喝一声："给我拖下去。"

张天纲，一看名字就知道是汉人。

所以人心这个东西，很怪，一百多年的时间，就可以让一个曾经是世仇的异族人，拥有对本族的国家认同感。异族尚且如此，更何况，荆襄地区的百姓，本来就和江东地区的孙权家族是同一个种族的呢？

当然，除了百姓认同度以外，还有就是东吴在荆襄统治时间越长，除了人心以外的其他各方面统治基础也会越牢固，也就越难攻取。所以要夺回荆襄，还要赢得当地百姓的认同，要趁早。

第二个原因，则是关乎北边的曹魏。

曹丕在公元220年年底称帝，而到刘备东征时，他在皇帝的宝座上坐了还未满一年。此时曹丕所要面对的，不仅有曹魏集团内部的权力交接问题，还有汉、魏两朝之间的权力交接问题，可以说比一般的接班人所面临的情况，更加复杂，有太多的事情需要他去处理，有太多的关系需要他去持顺。所以面对刘备的东征，曹丕此时既不敢、也没空去介入，因为他需要先把内部的事整明白。而刘备，也肯定是看到了这一点，才要尽快出兵。如果再等上几年，等曹丕腾出手来了，刘备再想要东征，需要面对的，就不是东吴这一个敌人了，他完全有理由担心自己伐吴时，曹丕在自己的背后偷袭，自己就会面临关公在荆襄的窘境。

本来三个人打架，最忌讳的就是两个人从不同方向夹击另一个人，这样的话，除非被夹击的那个人特别强大，能够同时守住两个方向，否则必败无疑。所以为什么后来诸葛亮在猇亭大败后，还是要近乎屈辱地坚持吴蜀联盟（人家把你打得惨不忍睹，你非但不能去报仇，还要和他做朋友），就是希望自己北伐时，东吴不要从东边来给蜀汉找麻烦。这个道理很简单，刘备自然也会明白，所以，从外部来说，他必须趁曹丕即位时短、根基未稳、无暇他顾时，出兵东征。

在新版的《三国演义》电视剧中，刘备在伐吴前，和重臣李严有过一段私下的交流。谈话中，刘备流露出伐吴的另一个目的，是因为魏强吴弱，要统一天下，就应该先灭东吴。他要趁曹魏新建、无暇他顾的时机，利用内部因为关公遇害的悲愤情绪，举全国之力，一举灭吴（原话是：以雷霆之势，南下击之），为最后统一天下奠定基础。

说实话，我觉得这个想法有点天真，有点艺术加工，不太可能是刘备当时真实的想法。因为虽然东吴比曹魏弱，但即使荆襄尚在手中，蜀汉也没把握可以一举灭吴，更何况现在的局面？但是，台词中其实也传递出一个信息，就是：在当时的情况下，的确是东征的一个机遇。

分析到这里，我想已经很清楚了，刘备东征，很大程度上可以说是因为碰到了一个机会，但这个机会，也可以说是一种无奈，因为他要拓展战略空间，要争取时间，从这个角度来说，东征更像是一场不得不进行的赌局。当然，除此以外，可能还有他对关公、张飞的感情因素（张飞在伐吴前夕被部下弑杀，凶手也投奔了东吴），增加了他对孙权的愤恨，必欲除之。

不过，可惜的是，刘备的大方向虽然没错，但一次战役的胜利，绝非仅仅方向正确就可以了，还取决于其他太多的因素，更何况这个所谓的"方向正确"，其本质也是一种无奈。

在东征路上，刘备遇到了才略不下周瑜的东吴新锐陆逊，最终输得精光，使蜀汉彻底失去了争雄天下的资本，甚至一度面临亡国的危险。幸好老天还给刘备留了一个殚精竭虑的诸葛亮，以及一个大智若愚的刘阿斗，蜀汉在他们的经营之下，又延长了几十年的生命，不过由于前面输得太多太惨，纵使诸葛亮和刘禅都不是庸才，也只能做到自保而已，大汉的王业，最终只能偏安在西南一隅了。

古今多少事，都付笑谈中。

三个锦囊，你选哪个？

上次在谈到中国历史的相似点时，说起过隋朝的"帝二代"杨广同学。他的文采武功都很不错，人也很聪明，在这些方面比他老爸都强，本来是个领导人的好材料。但是呢，杨广同学特别好面子，喜欢那种受到他人肯定和追捧的荣耀感，所以他登上皇位以后，整个国家就成了他实现情怀的工具。折腾来折腾去，老爸留下的丰厚家底就折腾完了，杨广同学也由本来蛮不错的一个领导人，慢慢蜕变成了一个亡国之君，身死国灭，好不凄惨。

关于杨广，也一直想写点东西，不算是平反，只是想让大家看到一个更加真实的所谓"隋炀帝"。不过呢，今天要谈的主角，不是这位背负了千古骂名的皇帝陛下，而是他的一个重臣：

杨玄感。

杨玄感是个官二代，他老爸杨素在隋文帝还没有登基时就已经是其手下的重要谋臣了。在杨坚篡位登基、巩固政权、统一全国、治理天下的过程中，杨素起到了极为重要的作用。在文帝、炀帝两朝，杨素出将入相，位极人臣，已经到了自己都不想再活下去的地步（因为功劳太大，地位太高，恩遇太重，再不知趣地赖活着不死，恐怕要大难临头）。

由于有了这样的觉悟，老杨同志在病重期间坚持不吃药，更不注意按医嘱饮食起居，终于赶在隋炀帝对他失去耐心之前驾鹤西去，好歹算是得到了善终，炀帝也给足他面子，在他身后使其极尽哀荣，杨素的这一生算是有惊无险地画了个圆满的句号。而同为隋朝开国重臣的高颎、贺若弼、宇文弼等，都在杨素死后第二年，被失去耐心的隋炀帝杀害。可见，有时活得长也未必就是好事，老杨头离世的时机，可谓恰到好处，再多活一年，就要活出祸事来了。

俗语说，老子英雄儿好汉，很多时候，遗传基因还是会起作用的，有这样一个老爸，可见杨玄感不会差到哪里去。不过呢，杨玄感小时候看上去有点愚笨，很多人都以为他脑子不太好，唯独他老爸不这么看，说"此儿不痴也"，认为他是大器晚成。果然，长大后的杨玄感，身材高大，仪容优雅，好读书，善骑射，充分证明了老杨同志毒辣的眼光。

早年的杨玄感，依靠父亲的功绩而得到朝廷的多次封赏，最终和父亲杨素同为二品大员，上朝时站在同一序列中，一时成为"虎父无犬子"的佳话。

不过，这种父子二人在朝堂上同列的荣耀，杨玄感本人并不感冒，甚至内心深处是有些不安的。毕竟自己是儿子，又没有确实的功绩，仅仅依靠父亲的余荫，怎么可以和对国家有着真实贡献的父亲平起平坐呢？估计隋文帝也看到了这一层，所以就把杨玄感降了一级，排到他老爸后面去了。对文帝的这一调整，杨玄感专门表示了感谢，他说："非常感谢陛下对我的厚爱，能使我在朝堂上这样公开、公共的场合下，还能表达对父亲的恭敬这样私下的感情。"

这话读着有点拗口，但杨玄感的意思就是说，我和父亲同为二品，这让我很尴尬。因为如果我在朝堂上和父亲并列，那符合朝廷的规矩，却不符合私下的父子人伦，这是以公废私；但是如果我在朝堂上照顾父子关系而不和父亲并列，则又有违朝廷的规矩，那是以私废公。现在陛下体谅我的难处，把我降一级，排到父亲后面，那上朝时我就可以心安理得地站在父亲后面，于公不违背朝廷的规矩，于私不违背父子的人伦，无论如何我都没有过失，所以非常感谢陛下对我的照顾啊。

仅此一事，我们就可以知道杨玄感并非庸才，而是很有头脑的一个人。他后来在各地为官，其表现也很好地说明了这一点，没有辱没他父亲杨素的威名。

说到这里，我不知道很多女读者是否打算穿越回隋朝去，亲眼看一看这位出身好，有颜值，会读书，会打架，有脑子，甚至连名字也很酷（玄感，很玄乎的感觉）的男神，可能有些人还想和男神发生点什么。不过呢，我劝大家不要急，如果你知道杨男神最后的结局，可能就不会有这么多想法了。

凡事往前看，往后想，心态会不一样。

隋炀帝在位十三年多，只用了一个年号，叫"大业"。这个年号出自《易经·系辞上》："盛德大业至矣哉！富有之谓大业，日新之谓盛德。"原本是个很吉祥的词，却被杨广给弄成了一个笑话。杨广的原意应该是想继承大业，发扬大业，乃至成就更大的功业，没承想，到最后却成了在自己手上结束了父亲一手开创的大业，不知道杨广在临终时是否觉得很搞笑。

因为杨广有"大业"的情怀，所以他不断征用民力，整了不少事。这种征用，到最后就成了滥用，成了百姓的沉重负担。老百姓活不下去，觉得既然朝廷不为我考虑，不顾我的死活，那我也无需为朝廷考虑，不再服从这个朝廷，于是就起来造反。于是从大业七年开始，就不断有大规模的暴动和叛乱事件发生。

刚开始，还只是体制外的那些"暴民"在搞事，慢慢的，越来越多的体制内的人参与进来，站在朝廷的对立面。而在体制内第一个跳出来背叛隋炀帝的，就是杨玄感。

杨素在病重期间的表现，无疑会刺激杨玄感。看着为国家操劳大半辈子的父亲，不得不以这种几乎自杀的方式来结束生命，相信杨玄感的内心是悲痛的。而在悲痛过后，可能紧接着就会产生怨恨与恐惧，怨恨炀帝的寡情，恐惧自己的未来。于是，随着父亲杨素的去世，男神杨玄感对朝廷和皇帝的态度，产生了微妙的变化，那一年，是隋炀帝大业二年（公元606年）。

到了隋炀帝大业九年（公元613年），杨玄感内心的怨恨与恐惧已经酝酿了七年，这两种负能量已经累积到了一个全新的高度，而此时，外部环境也给杨玄感内在的情绪提供了一个很好的宣泄机会。

大业皇帝杨广，自即位以来就没有停止过折腾，其中最重要的工程之一，就是三次对高句丽的征伐。毫不夸张地说，这项耗费多年而又徒劳无功的面子工程，是杨广最烂的政绩，没有之一。它对隋朝的唯一作用，就是几乎直接导致了隋朝政府的垮台。当然，杨广对高句丽的征伐对后来的唐朝还是起到了很积极的作用，但这种为他人作嫁衣的事情，如果也拿来说的话，相信杨广本人也会深以为耻。

在杨广之前，由于高句丽侵犯隋朝边境，杨坚也对高句丽发动过一次反击战争，但是打得比较失败。也许这次失败刺激了高傲的杨广，他发誓要给那些蛮夷一个教训，彰显大隋国威，告慰去世的父亲。于是，在大业八年，杨广亲率大军一百一十三万，对外号称两百万，水陆并进，开始了大业年间对高句丽的第一次征伐。

这次征伐气势宏大，却遭到高句丽人的顽强抵抗，加之总指挥杨广恶手频发，老天也不太帮忙，最终是以隋军惨败而收场。

对于心高气傲的杨广同学，这样一位连写文章也要和臣下一比高低的皇帝来说，如此的惨败实在是难以接受（如果他接受了，他就不是杨广，隋朝可能也不会这么快灭亡）。毫无疑问的，为了雪耻，他将发起第二次征讨。

大业九年，隋炀帝杨广再次在全国范围内征调大军，兵发高句丽。而此次为大军督办粮草的，正是时任礼部尚书的杨玄感。

前面讲过，大业七年时，各地已经开始出现民变，到大业九年时，情况愈发严重，但杨广毫不在意，依然执着地要教训高句丽。于是乎，我们就看到这样一幅画面：一方面是杨广亲率大军在国境线上攻击高句丽，另一方面则是国内反贼四起，民变不断。就像是家里已经乱成一锅粥，主人却依然在家门口和人打架。

在河南督粮的杨玄感，目睹这一情形，觉得是起兵谋反的天赐良机。于是，他首先借口由于反贼的干扰，无法按期运粮，从而把军粮扣留，不发往辽东前线；其次，又秘密派人把自己的两个弟弟杨玄纵和杨万硕从辽东前线召回，以助自己成事。

六月，杨玄感派人从辽东方向而来，伪装成隋炀帝的使者，谎称隋军辽东水军总管来护儿谋反，自己要率军平叛，以此为借口，正式发兵占据黎阳。接着，他设置官署，任命官员，并发文通告附近的州郡长官，让他们发兵和自己汇合，讨伐来护儿。同时，杨玄感又发动民众，声称杨家世受皇恩，自己也富贵已极，如果为了个人考虑，完全没有必要反叛朝廷。今天不惜赌上满门的性命，无非是因为炀帝做得太过分，自己实在看不下去，要救百姓于水火，并非为个人谋私利，希望大家都能支持他，云云。这番说辞很有效，民众纷纷前来投奔，没过多久，杨玄感身边就聚集了十几万人。

事情进展到这一步，似乎已经万事俱备。杨玄感手上已经有了足够的原始积累，就等着带着自己的部队去攻城略地，大展宏图了。不过，作为一个有脑子的男神，他深知谋略的重要性，所以，他还做了一个至关重要的动作：派人从长安，迎请了一个人来辅佐自己。此人就是杨玄感少时的好友，隋唐时期著名的军政奇才：李密。

李密出身高贵，世代显赫，是正宗的名门之后。他的曾祖父李弼在西魏时期就担任高官，是当时西魏的"八柱国"之一。祖父李曜，是北周的太保、魏国公。父亲李宽，是隋朝的上柱国，蒲山郡公。他本人则好学善谋，文武双全，少年时就被隋炀帝称作"瞻视异常"，即举目抬眉异于常人，可见也非一般人。

杨素在世时，就很赏识李密，认为他才干非凡，曾经对杨玄感等几个儿子说，李密的见识和气度，都不是你们能企及的。因此，杨玄感从小就和李密来往频繁，倾心结交。现在，自己做造反这么大的事情，无论如何也要请这位好基友相助。

李密来到后，大概也是看出隋炀帝不得人心，隋朝气数将尽，所以全力为杨玄感谋划，成为杨玄感的头号智囊。

杨玄感手上有兵有粮，身边有文有武，接下来就该出征了。那么，问题来了，往哪里出兵？这第一仗，该打哪？或者换句话说，咱的战略方向是什么？

李密给杨玄感出了上中下三策：

上策，直接提兵北上，占据涿郡，即今天的北京一带，截断在朝鲜半岛作战的隋炀帝大军归路。如此则隋炀帝腹背受敌，军粮又被杨玄感之前扣留，军中存粮渐渐消耗，如此则不出一个月，大军必然土崩瓦解，炀帝本人或死或擒，朝廷群龙无首，则杨玄感就能掌握大局主动。

中策，兵锋西指，略过其他城市，直扑京师长安。长安守将卫文升才干平庸，必不能守，而我军必能占据长安。因为关中地区地势险要，土地丰饶，一旦被我军占据，隋炀帝即使从辽东率大军回来，也失去了根本的依托，无法快速消灭我们，只能和我们长期周旋，而现在民变四起，炀帝根本拖不起。我们占据关中的有利位置，以逸待劳,虽然不能速胜,也是足以自保的万全之策。

下策,离黎阳最近的大城市是东都洛阳,就近攻击全国第二政治中心洛阳,也是一种选择。如果能占据洛阳,在政治上和声势上,都会形成一定的主动,能够威慑朝廷,振奋人心。但是,洛阳城坚,一旦不能快速攻克,则北方有征讨高句丽的大军回援,西方有驻守长安的部队东进增援,而正面又有洛阳守军,如此则我军三面受敌,非常危险。

应该说李密的确脑子很好使,这三策的划分非常有道理。上策的精髓是擒贼擒王,一举打掉朝廷的核心,消灭隋军的精锐和主力;中策的精髓是站稳脚跟,依托地利优势,准备长期作战,以时间和遍地民变来拖垮隋炀帝,从当时的情况来看,这两策都较为可取。如果是性格上偏进取的,可以考虑上策,偏保守的,可以考虑中策。

至于下策,从政治影响力的角度来说,不如上策的擒杀隋炀帝;从占据有利地理位置的角度来说,不如中策割据关中;而且也没有消灭隋军主力。即使攻下了洛阳,也只是占据了一个比较重要和大型的城市而已,而万一短期内攻不下,则进退失据,非常被动,所以这一方案在三策之中被列为下策,也很合理。

可能有些朋友会觉得上策太急,下策太险,中策则是进退有据的万全之策,对于这点,我也基本同意,如果我穿越回去做杨玄感,以自己的性格,也多半会选择中策,胜可争霸天下,败也可以关起门来割据关中而王。

但是,如果真的中策是万全之策,那李密为何还把截断炀帝归路作为上策呢？可见，上策必定有中策不能及之处。

隋炀帝虽然是帝二代，但他和秦二世胡亥不一样，不是一个在深宫长大，只会享乐的草包。他亲自参与过隋朝统一全国的战争，有着丰富的军政斗争经验，资历很老，在朝臣心目中，有着相当的威望。虽然这种威望在大业九年时，已经打了不少折扣，但还是有着相当大的影响力，忠于他的大臣和将领还是相当多。在这个大背景下，炀帝本人的生死，就会极大地影响时局和人们的心态。

中策固然稳健，但最大的一个问题就是炀帝本人尚在。只要他在，朝廷的核心和精神领袖就在，他依然可以利用他的执政合法性以及本人的声望，充分调动资源围剿占据关中的杨玄感，这会成为杨玄感的麻烦。

如果截断炀帝的归路，那么他的大军就前有高句丽，后有杨玄感，腹背受敌，加之杨玄感这个督粮官之前已经不再往前线运粮，隋炀帝的大军光靠喝水吃空气，是撑不过一个月的。届时大军无论是哗变，还是溃散，还是饿死，反正就灰飞烟灭了，须知这是当时隋军的精锐部队，就此全军覆没的话，后面的事情对杨玄感就很有利了。而炀帝本人，或死或擒，都是可以预见的。而且这样的结果，都不用杨玄感发兵去打，他只要带兵堵住隋炀帝回国的路线就可以了。

简言之，上策有着中策不能及的三点优势：

一、可以消灭隋炀帝本人，打掉整个朝廷的核心。如此即使长安朝廷另立新君，也完全不能替代炀帝，根本无法号令天下和掌控局面。

二、不用动刀枪，只需要等待对手粮尽自乱。

三、被消灭的，是朝廷的精锐部队。

而如果西取长安，一来是还要打一仗，会有损失；二来是炀帝本人无恙，朝廷的核心尚存；三来则是朝廷精锐部队尚存。基于这三点原因，李密以截断隋炀帝大军归路为上策。

不过，被老爸杨素认为"不痴"，而且之前一直头脑比较清晰的杨玄感，此时却变得很愚痴。他认为李密的下策才是上策，理由是：隋朝军政大臣们的家眷多在东都洛阳，如果占据了洛阳，就等于动摇了大臣们抵抗的决心。另外，杨玄感认为，如果放弃在身边的重要城市洛阳而不去攻取，会被人认为是软弱无能，无法立威。

平心而论，劫持朝臣的家眷而动摇他们抵抗的信念，不能说完全没有道理，但也有可能反而会激发朝臣们收复洛阳、救出家人的心。这两种心谁会占据上风，实在不好说。大家可以想象一下，如果你的家人被匪徒劫持，你是会完全向匪徒妥协，还是会想办法去救出家人？也许兼而有之，但救出家人一定是你的终极目标，妥协一定是暂时的，只是一种方法而已。朝臣们面对杨玄感的心态，应该也是一样。即使暂时妥协，也终非长久之计。

至于立威之说，则完全是死要面子活受罪，图个场面，不顾实利，根本没有必要，实在太不理智。我相信"立威"的说法一出口，估计李密心里就凉了半截，他可能已经意识到，这个当年的好友，此次行动的结局估计是凶多吉少了。

此后事态的发展，完全如李密所预测的那样。杨玄感率大军围攻洛阳，先是打了几个胜仗，甚至击败了长安方向的援军，但是，就是没能快速攻克洛阳，也没有完全消灭长安援军。此时，远在辽东的隋炀帝开始派军驰援洛阳，隋军将领陈棱、屈突通、来护儿、宇文述等纷纷率军自北向南，和洛阳守军、长安援军一起围攻杨玄感，李密所说的三面受敌的状态渐渐形成。

杨玄感为了摆脱困局，分兵抵抗，却屡战屡败，不得已之下，接受了另一个部下李子雄的建议，放弃洛阳，西进关中，准备进攻长安，然后凭地利和朝廷抗衡。这其实就是当初李密所说的中策，但此时形势已经开始变坏，即使西进长安，胜算已经大幅降低，与其说是主动西取长安，倒不如说是为了躲避洛阳城下的各路政府军，另谋出路而已，其本质，是一场逃亡。

杨玄感一路西进，宇文述等率军在后面追击。到了长安附近的弘农宫，当地很多人拦住杨玄感说，此地兵少，屯粮又多，应该停下来攻击弘农宫。杨玄感准备听从他们的建议，此时李密又站出来劝谏，说我们现在需要的是快速攻取长安，不可贪图一时的小利而在这里耗费时间。杨玄感不听，指挥部队攻击弘农宫，却一连三天都没有攻克，随着后面追兵迫近，他不得已又放弃弘农宫，继续逃亡。之后朝廷的军队越来越多，杨玄感做困兽之斗，却一日三败，损兵折将，最后仅剩十几个人跟随在身边，逃入树林之中。又经过一段时间的逃亡，身边仅剩下弟弟杨积善，兄弟二人徒步而行。

此时的杨男神，知道行动已经完全失败了，自己难逃一死，就对弟弟杨积善说："事情失败了，我不能被人活捉，以免受辱。兄弟你杀了我吧。"杨积善含泪杀死了杨玄感，又举刀自尽，却只是砍伤了自己，没有死成，被追击而至的朝廷军队抓获，和杨玄感的脑袋一起送到隋炀帝的行宫。后来，在东都洛阳，朝廷把杨玄感的尸体分尸而曝三日，再切成一块块，然后全部焚毁，以此表示对他谋反的惩戒。杨玄感剩余的几个弟弟杨玄奖、杨万硕、杨民行皆被诛杀，大臣们上书请求把杨玄感的"杨"姓改为带有羞辱、诋毁意义的"枭"姓，隋炀帝下诏同意。至此，从杨素开始，杨家两世的荣耀，以如此惨烈的方式彻底终止了。

又是一段令人唏嘘的历史，又是一段可以引发无数个"如果"的往事。在这个故事中，李密的三策可能是最能引起大家关注的，各位看官不妨想想，如果你是杨玄感，你会选哪一策？为什么？

更重要的是，你能否看出三策各自的关键所在，以及这关要背后的人心规律？这才是最重要的，因为具体的三策，只是具体场景下的产物，不可能简单重复，但三策各自的关要和人心规律，才是能指导我们自己生活的同行原则。

读历史，终究还是读人心。

史上最孝顺的皇帝

宋孝宗赵昚，是南宋的第二位皇帝。对于一般人来说，他的知名度很低，但其实他在中国历史上还是有相当的影响和地位，后世对他的评价也非常之高。更重要的是，在赵昚的身上，我们可以学会去更加全面地看待中国文化中的一些理念，基于此，这篇来向大家介绍一下宋孝宗赵昚。

赵昚的庙号是"孝"，通过这样的一个庙号，我们基本就可以知道他一生最大的特点了，没错，就是孝。

南宋的第一位皇帝是宋高宗赵构，他原本是宋徽宗诸多皇子中很普通的一个，但在"靖康之变"中幸运地逃脱了，进一步继承了大宋天下。

做了皇帝的赵构，首先需要面对的就是强悍的女真铁骑。为了躲避金军，他从河南一路逃亡，经江苏，到浙江，最惨的时候，还逃到海上漂泊了几个月，连陆地上也不敢待了，要说是丧家之犬，也毫不为过。

在历经了好几年的逃亡生涯之后，赵构最后终于在浙江杭州安顿了下来。他把这座城市改名为"临安"，以表明自己的恢复之心，然后，就在这座意为"临时安顿"的城市中，长久地安顿了下来，开始了南宋半壁江山的维系。

在狼狈逃亡的那几年，赵构由于受到惊吓，丧失了生育功能，而之前仅有的一个儿子又死于一场兵变，所以当赵构在杭州安顿下来时（不管是临时还是长久），虽然他还不到三十岁，但已经需要开始考虑自己的身后事：这个国家，将来到底应该交给谁？

要是一个普通人，如果没有后代，那最多也就是家族血脉的断绝，家业无人继承而已，对于整个天下，还不会有太大影响。但赵构是皇帝，在当时制度下，他是不能绝嗣的。但现在他自己身体有病，无法生育，那就必须要选择其他的宗室子弟来作为接班人，以便在他百年之后能有人继承南宋江山。

于是，在公元1132年和1136年，赵构分别选了一位宗室子弟，养育在皇宫中，以作为自己的养子，也就是未来的皇位接班人，这就是后来的宋孝宗赵昚和信王赵璩。

经过漫长的二十年的培养、观察和等待，赵构终于选择了赵昚为接班人，并在公元1262年禅位给赵昚，自称太上皇，过起了退休生活。而赵昚，自此也开始向世人展现了他在后世最为人称道的品质：孝。

禅位当天，仪式结束后，赵构要回到自己养老的德寿宫，赵昚则坚持冒雨步行护送，一直到了德寿宫门口，才在赵构的再三劝阻下回去。面对养子的这一行为，赵构很感动地对身边人说："我托付得人，终生无憾了。"

接下来，赵昚表示自己要每天去德寿宫问安，赵构说你工作忙，不用来得这么频繁，于是赵昚依古制，每五天去一次，就这样，赵构还是觉得养子来得太频繁了。最后在赵构的坚持阻止下，赵昚改为一个月去看望赵构四次。除了自己去，赵昚还下令宰相带领文武百官，每月两次去给赵构问安。此外，赵昚对于德寿宫的饮食起居、医疗卫生、出行仪仗等各方面都亲自做了安排，还经常供养财物衣食，陪赵构夫妇外出游玩，基本上我们现代人能想到的孝顺行为，赵昚都做了。

此外，对于国政，赵昚虽然说基本能做到实行自己的主张，但有时还是会参考赵构的意见，而这种参考，更多是因为要顾及赵构的内心感受，甚至在北伐中原、恢复故土这样的大事上，赵昚也因为要照顾养父的意见而不能完全放开手脚。

1187年，八十一岁高龄的赵构去世，时年六十岁的赵昚痛哭不已，据说由于哀伤过度，他连续两天吃不下任何东西。在悲伤之余，他表示要为养父完整地守孝三年，以尽人子之礼。大臣们纷纷劝谏，认为天子身份不同，应该以国事为重，守孝这样的事情，稍微意思一下就可以了，不用严格守三年。但赵昚不为所动，而且举出古代帝王三年守孝而不废国事的例子，坚持了自己的主张。

对于赵昚的这些孝行，元朝人在修《宋史》时，给予了极高的评价。在《宋史·孝宗本纪》的最后，元朝人评价说，历代以来，以养子的身份继承皇位的，对待养父，没有哪一个能做到像赵昚那样的。

还说宋人以"孝"作为赵昚的庙号，是极为恰当的。

公元1189年，尚在守孝期内的赵昚表示自己因为过于伤心，而无法专注国事，所以传位给太子赵惇，自己则居重华殿，继续为养父赵构守孝。于是在当年举行了禅位仪式，太子赵惇即位，是为宋光宗，赵昚自己则退居重华殿，开始体验二十七年前赵构的退休生活。

看到这里，可能很多朋友一方面感慨赵昚的孝心，另一方面则会觉得，有赵昚当年对养父那样的孝行做榜样，他的亲生儿子宋光宗赵惇，应该也是对他极尽孝道的吧？

不好意思，你错了。

宋光宗赵惇，是赵昚的第三个儿子，从小被认为很像赵昚，而颇得父亲的喜爱。赵惇原本不是太子，但他的大哥庄文太子去世以后，父亲赵昚因为对他的偏爱，所以不顾他还有一个二哥的事实，立了他这个老三做太子，希望能继承自己未竟的事业。

不过，被立为太子以后，赵惇似乎显得比较不耐烦。也许有爷爷赵构做榜样，他总是盼着父亲能早点禅位给自己，甚至有一次借着自己须发开始泛白的事情，向父亲婉转地表达了自己已经"有点老了"，意思是您老人家能否也像爷爷一样退休，换我来干干了？

也许你会觉得赵惇的这种暗示有点过分，不过，和赵惇做了皇帝以后的行为比起来，前面这点小暗示就不算什么了。而后面的这些行为，和赵惇的老婆，皇后李凤娘，也有很大的关系。

李凤娘是朝中大臣的女儿，生性泼辣彪悍，又善妒，控制欲和权力欲都非常强。早在做太子妃期间，她就经常向赵构和赵昚告状，诉说太子身边的人种种不好。面对这样喜欢搬弄是非的孙媳妇和媳妇，两位老爷子很看不惯，赵构曾表示，当年是不是被媒人忽悠了，怎么娶了这么一个主儿回家？而赵昚则更加严厉，曾经告诫李氏要收敛，要有妇德，不然就废了她这个太子妃。

面对两位老爷子的意见，李凤娘作为晚辈自然不能说什么，但内心的不满和怨恨是可以想见的。这种怨气，等到宋光宗赵惇即位以后，就完全爆发出来了。

做了皇后的李凤娘，一方面大肆为娘家谋取利益，另一方面也利用赵惇身体不太好的有利条件，试图干预朝政。同时，作为一个嫉妒心极强的悍妇，她也不会放过任何有可能威胁她的蛛丝马迹。

有一次，赵惇在洗漱时无意间说一个宫女的手比较白，结果不久就收到李皇后送来的一个点心盒，打开一看，里面装的就是被称赞的那双手，吓得赵惇心脏病当场发作。

又有一次，李皇后趁赵惇出去参加活动，晚上不能回宫的机会，杀了赵惇宠爱的黄贵妃，对外宣称是得急病暴亡的，赵惇因此而大病了一场，以至于相当时间内不能工作。

同时，由于李皇后一直谋立自己的儿子赵扩能够立为太子，但太上皇赵昚对这件事情一直不太积极，所以李皇后认为老爷子是故意针对自己，更加加深了她对赵昚的怨恨，于是经常离间赵昚和赵惇的父子关系，说赵昚有废掉赵惇的意思，赵惇因此而对父亲产生疑虑，父子关系逐渐恶化。

由于光宗的身体一直偏弱，再加上有这样一位强悍的皇后整天给他搬弄是非，挑拨离间，恐吓欺瞒，搞得他神经一直处于焦虑和紧张的状态。这样的状态时间长了以后，赵惇的神志也开始变得有些不太正常，和父亲赵昚的关系，也愈发恶化，长时间不去看望父亲，皇宫中的重华殿，渐渐成了朝野瞩目的地方，而太上皇和皇帝的父子关系，也逐渐演变成一场全国皆知的人伦悲剧。

绍熙四年，公元1193年，这是赵惇即位后的第四年。这一年的重阳节当天，文武百官集体上表，要求已经很长时间没有去看望父亲的宋光宗赵惇，一定要在当天去重华殿看望太上皇赵昚。面对如此大的声势，赵惇也不得不有所顾忌，于是他准备随顺百官的意思，在当天去一次重华殿。

就在百官都已经列队站好，赵惇也准备起驾之时，李皇后又站了出来。她借口天冷，要赵惇留下喝酒暖身，不要出门，就是想阻止赵惇去重华殿。面对这个场景，列队等待的百官都敢怒不敢言。

不过，也不是所有人都不敢出头，时任中书舍人的陈傅良拉住赵惇的衣袖，不让他回宫喝酒。李皇后大怒，大骂陈傅良，说你还要不要人头了？陈傅良挨了骂，失声痛哭，李皇后派人问他，为什么要哭？陈傅良说："子谏父不听，则号泣而随之。"李皇后听后恼羞成怒，强令皇帝的仪驾回宫，群臣哗然。

这件事情传出去后，影响非常恶劣。很多官员上表辞职，表示不愿意再侍奉这样的皇帝；太学生也纷纷请愿，而街头巷尾，百姓们则议论纷纷。就这样，皇帝的家事，逐渐演变成一场政治危机。

1194年五月，长期抑郁的太上皇赵昚终于病倒了，他无论如何也想不明白，为什么儿子对他有这么大的意见，以至于长时间不来探望。即使平常人家的孩子，也不至于如此不孝，何况赵惇是天子，他这样做，如何能成为天下的表率？自己当年尽心侍奉养父的事迹，儿子难道都忘记了吗？

病中的赵眘，依然期盼能看到儿子的仪驾，但赵惇从来没有出现过，这无疑更加重了赵眘的病情。到了六月，赵眘已经病入膏肓，奄奄一息，但他的儿子赵惇依然没有出现。六月初九，太上皇赵眘在抑郁、思念和疑虑中驾崩，享年六十八岁，直到生命的终点，这个年近古稀的老人还是没能见到儿子赵惇一面。

赵眘去世后，按例要举行各种丧葬活动，这些活动，照理来说，赵惇是无论如何也要参加的，但是，奇葩的赵惇，依然没有出现，史载："孝宗崩，帝不能亲执丧。"

群臣终于忍无可忍，出离愤怒了！

大臣们协同太皇太后吴氏，在赵眘的灵柩前，宣布拥立太子赵扩为皇帝，而赵惇则被尊为太上皇。荒诞疯癫的光宗朝，终于在这样一次近乎政变的活动中，被强行终止了。

宋孝宗赵眘的故事讲完了，但是，对于学习中国文化的朋友来讲，故事是完了，问题却来了：

宋孝宗对养父尚且如此孝顺，为什么自己的亲生儿子，却对他如此不孝呢？说好的"因果报应"呢？说好的"自己行孝、儿孙学样"呢？

嗯，这个问题，其实要展开讲，也蛮复杂的，在这里，我只想说一个观念：所谓的因果报应，不是这么粗浅和表面的；而所谓的"自己行孝、儿孙学样"，也不是每一次都会对应的。这里面真正的原因和人与人之间的关系，是相当复杂的。

　　当然，我并不是要否认因果，也不是鼓励大家不必行孝，我只是想说，不要用简单、教条甚至功利的心态来面对因果和自己曾经的善行。不要以为自己的善行，就"一定会"甚至"必须"在今生得到某种正面的回报，这个世界，远比我们想象的要大得多，要复杂和深刻得多。

同样是太后，主要看结局

近来最热的历史人物，非芈月莫属了。似乎是一夜之间，网页上、微信里，到处都是孙俪的形象和芈八子的相关文字，想不看都不行。在这样的热潮中，有朋友让我也来谈谈这个秦国的老太后，看看还有什么可八卦的。

说实话，我觉得说说太后，是个不错的选择。因为太后者，"太厚"也（这是老聂在讲棋时，形容厚势时的常用词）。想要未来有个好前景，"厚"是必不可少的，就算为了讨个好口彩，选择太后作为对象也是很有必要的。

只是，我不太想说芈月。因为一方面大家都在谈，我也去凑这个热闹的话呢，显得不够矫情；另一方面，我觉得芈月一生再怎么风光荣耀，可是结局实在不能算好。

同样是太后，主要看结局。

所以，我想请大家把眼光从芈八子身上，向后挪一千两百多年，咱们去北宋，去看看另一位名气不如芈月（就当前而言），才智却绝不逊色，结局更是远好过宣太后的太后：刘太后。

章献明肃皇后刘氏，四川人，宋真宗赵恒的皇后。你问我她的名字？对不起，不是我重男轻女，记不住人家的名字，而是真的不知道，因为《宋史》中根本没有记……不过不要紧，我们叫她"刘太后"就行，反正也叫了快一千年了。再说，本文主要看结局，不看名字。

根据《宋史》记载，她出身官宦世家，但在襁褓中就成了孤儿，是外婆家把她养大的。十几岁时，跟随亲友来到汴京讨生活。一个偶然的机会，她成为襄王赵恒的女朋友。再后来，襄王做了皇帝，她才正式进了宫。事实上，这段记载很可能是错误的。有人认为，她其实出身寒门，所谓的官宦世家，只是为了和她后来的身份相匹配而杜撰的；更狗血的是，据说那个带她来到汴京的亲戚龚美，其实是她第一任丈夫……现代人可能不太关心她爷爷和爸爸是谁，但对于她和赵恒谈恋爱时是否离过一次婚，可能会比较有兴趣。不过呢，本文的宗旨，主要看结局，看结局，所以对于那些过于狗血和八卦的剧情，就先放一放。当然，如果你想拿她的二婚来给自己励志，那你就当她是吧。

不管是不是二婚，刘太后的进宫之路其实走得很艰辛。她初到汴京时，只是在街边摆个小摊，靠龚美打造银饰品而艰难糊口。后来因缘际会，她进入了襄王府，和赵恒产生了很深的感情，两人非常恩爱和谐。按理说，她应该被册立为襄王妃才对。可是，此时出现了一个容嬷嬷式的人物：襄王赵恒的奶妈。这个老太太看刘氏不顺眼，就把赵恒早恋的事情（关键不是年龄，而是恋的人不对）告诉了赵恒的老爸：宋太宗赵光义。老皇帝一看儿子找了这么一个来历不明的民间女子做女票，还有转正的趋势，非常恼火，严令赵恒把刘氏送走，并马上给赵恒指婚，让开国功臣潘美的女儿嫁给赵恒做王妃，算是断了刘氏的念想。

但是，宋太宗没想到的是，赵恒和刘氏的感情实在太好了，根本不是世俗的眼光、君父的严令可以拆散的。刘氏是被迫离开了襄王府，却没有走远，而是被赵恒悄悄藏进了自己的亲信张耆家中，两人还时常私下约会。这一约，就约了十几年。是的，你没看错，是十几年，一直约到赵恒做了皇帝。莫非这就是传说中的真爱？嗯，这个，也许是吧。

讲到这里，我还是很感慨的。一方面是因为赵恒和刘氏的感情，另一方面也对棒打鸳鸯的奶妈和宋太宗颇有不满，再就是感叹于世俗偏见的力量之大，赵恒贵为皇子，竟然也不能光明正大地寻求真爱，而是要苦苦隐忍十几年。当然，从另一个角度来说，正因为赵恒是皇子，所以才不能随意找女票，如果他是个普通百姓，可能也就不用这么辛苦了。所以呢，地位高，也不见得事事都好。

公元995年，赵恒被册立为太子，刘氏迎来了一线曙光。到了公元997年，老皇帝宋太宗驾崩了，赵恒和刘氏，终于熬出了头，迎来了自己的春天。赵恒即位后，马上把刘氏接进了宫，十几年的爱情长跑，终于有了一个正面的结果。

前面讲过的襄王妃潘氏，嫁给赵恒六年后就去世了，尚未看到他做皇帝。紧接着，宋太宗又将大臣郭守文的女儿嫁给赵恒，成了赵恒的第二任王妃。郭氏在赵恒登基后，被册封为皇后。然而，十年之后，郭氏也病故了，于是，皇后的位置就空出来了。此时，宋真宗很想立刘氏为皇后，但是群臣普遍反对，原因是刘氏出身卑微，又没有子嗣。更进一步的是，大臣们提出了另一个皇后人选，明摆着就是要断绝刘氏当皇后的机会。赵恒对此虽然表示强烈不满，但是大臣们的意见还是很堂堂正正的，一时半会也无法反对，只好把这件事情搁置起来，既不册封刘氏为皇后，也不同意大臣们提出的人选，以拖待变。

　　刘氏虽然很受宋真宗的宠爱，但始终没有一男半女，这也成为这对恩爱夫妻的心病，也成了她不能当皇后的一个硬伤。这个不圆满的世界上，几乎没有什么圆满的事情。刘氏和赵恒感情虽好，却也经历了很长时间的地下情，又始终没有自己的孩子，也算是两人感情世界中的一大遗憾了。眼见这刘氏跨过四十岁，开始奔五，今生应该是无望做母亲了，却斜刺里杀出一个人来，帮助刘氏逆袭成功，改变了一切。这个不起眼的人，非但使刘氏达成了做母亲的心愿（虽然只是养母），还进而堵住了那些大臣们的嘴，让她成为皇后，乃至未来成为太后。

　　这个人，就是李宸妃。

　　李宸妃原来只是刘氏的一个侍女，在一次为宋真宗侍寝后，怀孕了。对于这次怀孕，宋真宗那是相当激动的。倒不见得是宋真宗多么喜欢李宸妃，而是宋真宗之前的五个儿子，都夭折了，五个儿子啊……以至于得知李宸妃怀孕后，堂堂大宋天子，搞起了迷信活动：

一次李宸妃头上的一只玉钗从高台掉落，宋真宗暗暗念叨：如果玉钗完好无损，就会是个男孩。手下人把玉钗捡回来一看，果然一点没坏，赵恒非常高兴。而这边，在十月怀胎后，李宸妃果真生下一个男孩，这个孩子就是日后大名鼎鼎的宋仁宗赵祯（当然，宋真宗搞迷信活动不是一次两次了，有几次还搞得很离谱，比如著名的"天书"事件，在自己的工作履历上抹了不少黑）。

接下来的事情，很多人应该能想到。刘氏把在蜡烛包里的赵祯抱过来，当作自己的孩子。只是，她年纪大了，精力不济，就请了自己的一个小闺蜜，当时才二十多岁的杨淑妃来帮忙，两个人一起抚养赵祯。宋仁宗从小在她们身边长大，和她们感情很好，在刘太后去世以后，宋仁宗尊杨淑妃为太后，尊崇有加，当然这是后话。

刘氏有了名义上的孩子，宋真宗的胆就肥了，对外宣布要册封刘氏为皇后。但是，很多大臣都知道赵祯并非刘氏的孩子，所以朝堂上多有非议，刘氏也不得不几次"固辞"皇后的位置。但是，真爱毕竟是无敌的，在儿子两岁时，宋真宗实在忍无可忍，终于悄悄地来硬的了。他在1012年的年底，宣布册封刘氏为皇后，但是整个过程低调地让人以为他们还在偷偷约会：没有册封仪式，也不允许百官敬贺，册封诏书也不在朝堂上公开发布，只是下达到中书省，悄悄地宣布一下就完事了。这个场面实在寒酸，哪里像是册封一国的皇后？连普通百姓家嫁女儿都不如，以至于千年以后的我，也为刘氏感到委屈。但不管怎么样，刘氏毕竟成为了大宋的皇后，走完了她人生重要的一个里程碑。那一年，她四十四岁，距离最初走进襄王府，已经过去了近三十年。

　　刘皇后已经和宋真宗走过了近三十年，但感情始终很好。而且，这种恩爱并没有因为她花容不再而有变化。主要的原因，在于刘皇后聪慧过人、博闻强记、通达经史，和真宗很谈得来（可见心灵的沟通在夫妻感情中起着非常重要的作用）。赵恒登基以后，要处理很多国家大事，每每工作到深夜，很多时候刘皇后都作陪，所以她对于很多朝廷的事情都知晓，也总有自己的独特见解。就这样，随着时间的慢慢推移，刘皇后不仅是宋真宗的生活伴侣，同时也是工作助手和心灵伴侣，一对夫妻的关系能够达到这种程度，其感情之深，恐怕已经是外人无法想象的了。更重要的是，刘皇后在这个过程中展现出来的治国才华，注定了她会成为两宋三百余年来最杰出的女性政治家。

　　公元1020年，宋真宗病重，无法亲自处理政务，很多朝廷大事，其实就都由刘皇后来裁决了。这种局面，熟知历史的大臣们恐怕是很熟悉，于是有人开始恐慌，担心吕后、武则天的旧事在大宋重演。经过一系列的斗争后，刘皇后清除了反对派势力，进一步巩固了自己的地位。此后，宋真宗下诏，让太子赵祯每五日开一次资善堂，听取大臣们对于政事的参奏。但是，当年只有十岁的赵祯，只是一个熊孩子，懂什么国家大事呢？所以，真正的决策者，其实还是刘皇后。宋真宗的这道诏书，对太子来说，象征意义更大一些，让人感觉太子已经开始实习怎么做皇帝；而对强化刘皇后地位的作用，却是很实在。

　　公元1022年，宋真宗驾崩，享年五十五岁，在位二十六年。遗诏让太子赵祯即位，尊刘皇后为太后。鉴于宋仁宗当年只有十二岁，相当于小学六年级，国家大事不可能交由一个小学生来处理，所以宋真宗在遗诏中，要刘太后"军国重事，权取处分"。这八个字分量很重，就是确立刘太后执政的合法性，在宋仁宗成年之前，把整个国家都托付给了刘太后。那一年，刘皇后五十四岁，距离她最初陪伴真宗皇帝，已经过去了近四十年。她一生最重要的伴侣离开了，而她也开始了自己人生最后一段也是最重要的旅程，并由此而登上了自己人生的顶峰。

刘太后执政后的表现，四个字：相当不错。她在朝堂上任用贤能，自己的生活则简约朴素，对刘氏亲族也管教甚严，对宋仁宗更是爱护有加，悉心培育。前代那些太后临朝听政所产生的问题，在刘太后这里几乎都没有出现。但是，和这些相比，我觉得有三件事情，是刘太后做得最漂亮的，也是和她的最终结局，有直接关联的。

首先，她拒绝成为又一个武则天。

前面说过，早在真宗病重期间，刘太后就开始亲自处理朝政，当时朝中就有人开始疑虑并反对。只是，一件事情有人反对，也必然会有人支持。为什么呢？利益不同。所以对于刘太后执政这件事，总有人视其为自己更上层楼的机遇。

当时有一个大臣，名叫程琳。此人也算是北宋名臣，才兼文武，出将入相，无论是政治还是军事，都很有一套。他在出任地方官时，勤政爱民，当地百姓很敬仰他，专门为他修了生祠。就是这么一个看似很正面的人，居然给刘太后献了一幅《武后临朝图》，背后几个意思，恐怕地球人都知道。如果你说你不知道，那么我建议你赶快买票回火星，省得赶上接下来的春运高峰，一票难求。

刘太后呢，倒是很爽快，一点也不扭捏。接过图，一把扔到地下，说："我不能做这种对不起祖宗的事。"《宋史》中没有记载程琳当时的反应，但估计应该好不到哪里去。这幅图，成为他一生中最大的一个污点，很多人因此而鄙视他。

此事并非孤例，只是程琳比较有名，又算是一个名臣，所以才拿出来说。其实我觉得程琳也不是简单以"奸臣、小人"能来定义的，只是人性复杂，善恶交错，公私纠集，就看不同的场景之下，哪一种心态更占上风而已。以脸谱化的好坏来分人，这种熊猫思维是最幼稚的。

其次，在对待仁宗皇帝的生母李宸妃的问题上，刘太后做得尤为到位。

应该说，李宸妃很不幸，一生都不能与儿子相认，更没有在生前得到应有的荣耀。但是，相比于前朝那些孩子被夺走的宫女，李宸妃又是特别幸运。因为刘太后并没有按照常例去为难甚至杀害她，而是很善待她，饮食起居，都照顾得很好。除了不能跑去和仁宗相认，别的都没问题。而李宸妃本人也非常识趣，极为低调，以先帝嫔妃的身份，默默地在宫中住了二十多年，从未给刘太后惹什么麻烦。当然，宋仁宗也从来不知道自己的生母是李宸妃，一直以为刘太后就是自己的生母。

公元1032年，李宸妃病重。在她临终前，刘太后下令将她晋升为宸妃。从这个不寻常的举动来看，就可以知道刘太后其实很关注李宸妃。之后，刘太后、宋仁宗和群臣们商议李宸妃的葬礼细节，她的本意是想按照普通嫔妃的礼节来安葬也就算了，但是当时的宰相吕夷简则建议要厚葬。刘太后知道这里面水深，就又专门单独召见吕夷简，让他说明一下理由。吕夷简说得很婉转，却也很直接，他说，如果太后不为刘氏亲族考虑，那我也不敢多说什么了；如果为刘氏亲族考虑，那建议要厚葬。聪明人之间互相交流的好处，就是很多话点到为止即可，对方就可以完全明白。刘太后当然能掂得出这话里的分量，就同意以一品的礼节来安葬李宸妃。之后，吕夷简又专门交代相关官员，要为李宸妃穿皇后的服装，并用水银保养棺木遗体，还专门留了一句话："以后不要说我没提醒过你们。"这些交代无论是否出自刘太后的授意，肯定不会违背刘太后的本意。

刘太后去世之后，有人跑去向宋仁宗揭露了这个隐瞒了二十多年的秘密，更添油加醋地说了一番刘太后如何把李宸妃迫害致死的话。仁宗皇帝先是大惊，继而哀伤，转而愤怒。这个在中国历史上以"仁慈"著称的皇帝，此时直接就想要对刘氏亲族动粗。好在他还没有完全失去理智，就亲自去查验了李宸妃的陵寝，发现生母的遗体保护得很好，且身穿皇后礼服，外人所言的迫害，完全是子虚乌有。宋仁宗于是消除了误会，并在刘太后的灵位前焚香悔罪，而对待刘氏亲族，则更加礼遇了。

刘太后自己不能生育，而自己的侍女却怀孕生了个男孩。以常情度之，你说她对李宸妃一点嫉恨之心都没有，恐怕不太可能。但是，能把这样的嫉恨压制下去，二十多年礼遇有加，不进行迫害，甚至在李宸妃临终前将其晋升，这些都已经难能可贵。这里面也许有仁慈的成分，但更可能是出于政治利益的考虑。想必刘太后也很清楚仁宗身世之谜，不可能永远隐瞒，所以才有上述种种的举措。只是，在葬礼规格这个最后也是非常重要的问题上（至少是古人看来非常重要），刘太后也许思想放松了，也许二十多年压抑的嫉恨要发泄了，所以才几乎下出昏着。亏得吕夷简提醒及时，也亏得刘太后头脑清醒，才处置得当，为这段二十多年的恩怨画上了圆满的句号，也保住了自己身后的亲族，更增加了宋仁宗对自己的好感，为自己的好结局，添加了重要的砝码。

再次，临终前再次摆正了自己的位置。

公元1033年，刘太后已经六十五岁了。搁到普通百姓身上，老太太早该退休在家抱孙子了，不过她老人家可不行，身为国家领导人，还得出席重要活动。这一年的春天，朝廷要祭祀太庙，老太后当然是主角。不过呢，这年有点特别，原因是据说老太后希望能够身穿全套天子的服饰，参加祭祀。此言一出，满朝都有点晕。

其实，按理说，自从真宗去世后，刘太后就是大宋朝实际的最高统治者，所缺的，只是一个"皇帝"的名分。但正如前文所述，老太太自己已经果断拒绝做皇帝啦，怎么现在又搞出一个想要穿天子服饰出席祭祀大典呢？难不成是想法有所改变？大臣们一阵紧张，经过反复商议，最后决定，把天子的服饰减去几样，给太后报上去。意思是我们都退一步，我们也不较真，说一样也不能穿；但您老人家也别太过分，有几样穿穿就不错了。报告打上去以后，刘太后也同意了，于是乎大家都松了一口气。

于是，这一年的祭祀大典，刘太后身着部分天子服饰，在太庙进行了初献之礼，整个活动成功、圆满而隆重，各方皆大欢喜。祭祀结束后，刘太后接受了群臣给自己的尊号，这是一个非常冗长，长到即使我有心思复制粘贴，估计你也没心思看完的名头（更何况我也完全没心思去复制粘贴这个虚名）。

过了一把天子的瘾（严格说是半把），老太太的身体也越来越不行了。宋仁宗是出名的孝子，为了让刘太后身体康复，做了好多动作。他先是大赦天下，为太后培福；又是征召全国名医来汴京为太后看病；再是把当年被刘太后流放到蛮荒之地的那些官员都召回来，已经过世的，则追封他们，恢复名誉，恢复官职。不过呢，再大的孝心孝行，也架不住生老病死的自然规律，就在当年三月，刘太后驾崩，结束了传奇的一生，享年六十五岁。

刘太后的去世，令宋仁宗悲痛万分（当时还没人告诉他李宸妃的事情）。不过，刘太后临终前一直在做一个动作，也令宋仁宗迷惑不解。他召集群臣，边哭边问："太后临终前一直在拉扯自己身上的衣服，不知道是什么意思？"此时，参知政事（副宰相）薛奎说："那是太后不愿意穿着天子的服饰（哪怕是部分的）去见先帝。"仁宗遂恍然大悟。

排除刘太后在临终前的无意识动作，如果这个动作是有意识的，那么薛奎所说的可能性就非常大。我始终觉得，要说刘太后在执政的十一年中，没有一丝丝想做皇帝的念头，哪怕是一闪而过的念头都没有，这个估计不太可能。但是，出于种种的原因，她没有去做武则天第二。可是，虽然没去做，但不代表心中一点挣扎也没有。有挣扎，但又不能去做，于是乎，就出现了要求身着天子服饰参加祭祀大典的行为：好歹过把瘾，感受一下呗。

不过呢，临终前，应该是对上述的过瘾行为有些后悔了。或者说，更加阴谋论一些，是有意为之，好让宋仁宗知道，我刘氏再怎么样，也只是皇后，绝不敢和先帝平起平坐。无论是真后悔，还是有意为之，临终的这个举动代表刘太后还是愿意摆正自己的位置，由此令宋仁宗产生的敬重，又确保了自己和亲族的好结局。

最后，最最重要的是，看结局。

首先，看谥号。

谥号，是古代一种重要的制度，在这里就不详细展开讲了。一般宋代皇后的谥号，是两个字，而刘太后去世后，朝廷给予了四个字的谥号：章献明肃。这意味着宋廷给予刘太后超规格的评价待遇。后代也有四个字谥号的皇后，但刘皇后是第一位。

如果你搞不清楚四个字的谥号为什么就比两个字待遇更加高，建议下次你多关注中国的各种葬礼，看看不同的去世者，是否在致悼词的人选、悼词的内容、亡者名字的前缀等方面有所不同。这样你大致就明白为什么我说刘太后得到四个字的谥号代表好结局了。

其次，看出殡规格。

刘太后三月去世，九月，和仁宗的生母李宸妃同日迁葬于永定陵。灵柩起驾那天，宋仁宗先为刘太后起灵，亲自拉着灵柩的绳索，一边哭泣，一边步行，一直出了皇仪殿，直到主持礼法的官员再三劝阻，仁宗才停止。其实按照礼法，他原本不必亲自执绳步行的，宰相们也劝他不必如此辛苦，但是仁宗坚持要这样，以报答刘太后的养育之恩。等送走刘太后的灵柩，仁宗才赶去自己生母李宸妃的下葬地洪福院，为生母起灵。此时仁宗极为悲恸，趴在灵柩上哭泣不止，并说："劬劳之恩，终身何所报乎！"接着也是亲自执绳，步行送出。

从仁宗皇帝对两位母亲的表现来看，不可否认对李宸妃更加情深意切，但是，对刘太后的态度，却也透着浓浓的报恩之心。可见，仁宗虽然已经知道刘太后并非是自己的生母，但报恩之心依然拳拳，可见刘太后在仁宗心中的地位。

再次，看史家评价。

后世史家，常常把刘太后与汉朝的吕后、唐朝的武则天并举，但对她的评价更高。说刘太后"有吕武之才，无吕武之恶"。不可否认，这个评价是相当高了，也许略有夸张，但我认为大体是正确的。

回过头来，我们看看宣太后芈月。她掌权时间虽然很长，也使秦国的国力不断增强，但最终却被亲生儿子秦昭襄王所废，并幽禁致死。这和刘太后掌权终身、平稳过渡、朝野赞誉，并且在去世后，由宋仁宗这个养子亲自扶灵步行（重要的是仁宗对刘太后真有感情）等，实在是完全没有可比性。换作你我，大家想想，更愿意接受哪一种结局？

人的一生，过程和结局，哪个更加重要，一直以来都是见仁见智。我不想在这里确定一个标杆，硬说谁更正确，只是就我个人来说，比起绚烂的过程，我更加喜欢一个平稳、安逸甚至圆满的结局。因为再好的过程，也只是过程，要过去的旅程而已，终究会消失，会过去。每个人最后真正能拥有的，还是属于自己的结局。从一般的意义上来说，这个最终结局不会再有变化，也无法由他人来承担，其中所有的辛酸苦辣都只有自己知道和体验。面对结局的这种特点，难道每个人不该为此而深思并早做准备么？至少，我觉得应该吧。

魏文侯和他的高管们

提到两千多年前战国的历史，一般人首先想到就是秦国。从最初的商鞅变法到最后的一统天下，一百多年来，秦国贤君名臣辈出，占据了人们对于战国史太多的关注。关于这一点，仅从影视剧的题材就可以看出：从我小时候的《秦始皇》《古今大战秦俑情》，一直到《芈月传》，这二十多年来，那么多和秦国有关的历史剧，足以证明人们有多么念叨秦国了。

大家都粉秦国，我觉得也很正常，毕竟那是最后统一天下的国家，人们对于最后的胜利者，总是会有很多仰慕的。只是，我们要知道，在那个史称"战国"的时代，并不是只有秦国一个国家，否则，它和谁去"战"？如果你稍微了解一些战国的历史，你就会知道，在长达两百多年的时间里，秦国并不是唯一的主角，甚至这个最终的男一号，也是从地位低下的龙套开始混起的，而且一度混得很艰难，差点因为演技太烂而被剧组开除。而和秦国同台飙戏的山东六国，也都曾经有过自己的辉煌，只是秦国人笑到了最后而已。

今天，我们就来看看一个战国史上被人们忽视的国家，一帮非常优秀，却快要被大众遗忘的君臣。

魏文侯，和他的高管们。

大家都知道战国七雄（事实上，战国时期的诸侯国数量虽然远远少于春秋时期，但也不止七个国家，只是这七个国家实力比较强，在战国史上都有过一段兴盛期，后世才称之为战国七雄）。但具体是哪七个国家，可能很多人不见得能在不经提示的情况下，一次性就顺溜地讲全了。所以呢，在此首先教大家两句口诀，帮助大家简单记住这七个国家，此口诀的传承来自于我的初中历史老师。

口诀有两句，注意听好了：

齐楚秦燕赵魏韩，东南西北到中央。

后一句的"东南西北"，对应前一句的"齐楚秦燕"；"到中央"，则对应"赵魏韩"，这就把七国的地理位置也讲出来了。好，再复习一遍：齐楚秦燕赵魏韩，东南西北到中央。什么，容易念成"东南西北中发白"？好吧，我知道你会打麻将，不过读书的时候还是严肃点。

在这七国中，一般人比较熟悉的是秦、齐、楚等国家，感觉上这些国家地域辽阔、实力强大，争一哥位置的，应该是它们。不过呢，很多人并不知道，在战国初期，天下的第一强国，是后来看起来很怂的魏国。而且从最初的崛起，到盛极一时，直至最后彻底丧失争霸天下的可能，魏国的强国地位，维持了几乎有百年之久。更何况，相比于秦、楚、齐等老牌诸侯国，魏国在种姓出身、家底积淀、地理位置等方面，都有着明显的劣势，在这种情况下开创的百年霸业，其实非常不容易。

所以，当大家都在粉秦国之时，我却独独对魏国另眼相看。

如前所说，魏国在战国初期，是天下第一强国，其强盛之势，历经祖孙三代国君，维持了近百年。魏文侯，就是魏国的开国之君，百年霸业的奠基者，也是魏国历代国君中，最为优秀的一位。

魏文侯，姬姓，魏氏，名斯，一名都（这个人到底姓什么叫什么？有点晕是吧？不急，下次有机会聊聊姓名字号，这里面水也深）。他本是春秋时期的重要大国晋国的卿大夫。从春秋中期开始，晋国的国政就长期被六大家族把持，晋国国君只是一个傀儡。到了春秋晚期，经过漫长、复杂又血腥的斗争，六大家族只剩下赵、魏、韩三家。这三大家族把持了晋国的朝政，瓜分了晋国的领土，晋国其实已经名存实亡。就是在这样的大背景下，公元前445年，魏斯继承了魏桓子（两人的关系，有说是父子，有说是爷孙，不过咱不查户口，这个不重要）的基业，成为魏家的掌门人，开始了他长达五十年的魏氏公司老总的职业生涯。

看看战国时期的地图，就会知道赵魏韩三国位于天下的中间，而魏国，又是中间的中间。诚如围棋谚语所说的，围地盘这个事，讲究的是金角银边草肚皮，越是犄角旮旯的地方，越是有依托，容易站稳脚跟，进而慢慢发展。所以会下棋的，开局都是先占角，次拆边，再向中腹发展；不会下棋的，才会想着一开始就占据棋盘当中的天元。那个位置看着风光，其实四面漏风，往哪围都不容易，很难经营。魏国处于天下之腹，看似四通八达，其实就是棋盘上的天元，十三不靠，周边都是敌人，同时面临四面八方的压力，很容易搞成首尾难顾的局面。在这样的情况下，魏国的求生存、求发展之路，就显得格外艰难。魏桓子给后代留了个铺面，但这个铺面的位置却很糟糕，能否把公司经营下去，养活一大家子人，就看魏文侯的本事了。

魏文侯在公元前445年接过魏桓子的班时，名义上还只是晋国的卿大夫而已，并不是国君。但由于赵魏韩三家已经把晋国的领地差不多瓜分完了，每家都有着大量的兵马钱粮和土地子民，在各自的领地上也有着绝对的治权，更重要的是，他们可以完全不理会晋国的国君，把他完全当个摆设，所以三家的实质，早就已经是三国了。三家的掌门人，其本质也已经是一国之君了。到了公元前424年，魏斯自行晋格为诸侯，和自己的主公晋幽公平起平坐。至公元前403年，当时名义尚存的天下共主周威烈王，正式册封赵、魏、韩三家为诸侯，算是补办了手续，走完了流程。这一年周廷正式册封了三个诸侯，而且都属于后来的战国七雄之列，所以很多史家都倾向于把这一年定为战国的开始年份，而北宋司马光编辑的《资治通鉴》，也是从这一年开始的。赵魏韩三家，在晋国的朝堂上做卿大夫时，就斗争了几百年，现在各自成了诸侯，独立门户了，互相之间也少不了要竞争。先天条件并不好的魏家在魏文侯的领导下，逐渐在三家中脱颖而出，进而在天下诸侯中成为领先者。

司马光之所以选择公元前403年，周威烈王正式册封晋国的三家卿大夫为诸侯这一年，作为《资治通鉴》起始的年份，是因为他觉得三家长期以来架空晋国的国君、把持晋国的朝政，是犯上作乱的叛逆行为。而这种本该受到谴责乃至讨伐的行为，居然得到了周王室的认同，非但没有任何惩处，还正式册封，将三家由卿大夫晋格为诸侯，这等于周王室不守规矩在先，以此鼓励大家都不守规矩。司马光在《资治通鉴》开篇中感叹："故三晋之列于诸侯，非三晋之坏礼，乃天子自坏之也。"司马光希望北宋朝廷，以此为戒，要努力维护礼法，不可坏了纲常。

说实话，我每每读到这里，总是觉得司马前辈有些理想化了。一般认为，司马光品行高尚，是道德的楷模（当然，现在也有很多人以各种证据来论证其实并非如此，孰是孰非，我们在这里不做探讨），所以他可能很难容忍犯上作乱这种严重违背礼法的行为。但是，我能说，维护规矩，也是需要实力的么。周王室自平王东迁以来，至此已经三百六七十年，期间诸侯兼并，天下纷乱，周室毫无办法，只能听之任之，什么"礼乐征伐自天子出"，完全成了一句搞笑的话。很多时候周王室自己还成了一些别有用心的诸侯手里的一张牌，用于抬高自己，打击别人，比如齐桓公、晋文公之类。说此时王威已经荡然无存，一点都不过分。周威烈王，谥号虽然叫"威烈"，但他既不威严，也不壮烈，面对三家早已成为诸侯的事实，他又能怎么样？号召天下诸侯共讨之？还是自己率六军御驾亲征？这些幼稚的行为只能加速周朝的灭亡，还不如正式册封三家，一来做个顺水人情，换取三家的支持；二来也是显示周室仍然是天下共主（至少是名义上的），才是真正务实的做法。

所以，《资治通鉴》起始年份寓意虽好，但我个人却认为其过于理想。当然，这也许只是司马温公的一种姿态和策略，至少，要守规矩，这个道理是没错的。

魏文侯执掌魏家（国）五十年，充分施展了他的治国才华。他对内启用贤才、发展经济、变法革新、广兴文教；对外刚柔并用，扩张势力，联合赵、韩两国，东击齐，南伐楚，西攻秦，形成了以魏国为主、赵韩为辅的中原霸权（有点类似现在的美国和它的盟国们），使得魏国成为战国初期最强大的国家。更重要的是，这种强大，是全方位的，包含内政、外交、经济、军事、文化等诸多方面，并不是单方面的有钱或者能打，这是非常了不起的成就。因为就上述的各方面来说，在一个或两个方面超过其他国家，也许还不是很难，但要全面领先于天下诸侯，并且长期保持，这就非常不易。即使是最后统一天下的秦国，也始终没有成为过一个全方位的强国，我个人也一直以为，这是秦国统一天下后却迅速灭亡的一个重要原因（当然不是唯一的原因），即，它的强大是片面的，是不均衡的，所以也是不可持久的。

魏文侯本人的能力是很强，但是再厉害的老板，也不可能一个人打出一片天地，身边总是需要有助手。所以，魏国的全方位强盛，是魏文侯和他身边的高管们共同开创的。在这五十年中，魏总和高管们之间的故事，才是值得细细品味和借鉴的，为人和创业之道，都在其中了。

李悝

战国时期，各国均实行变法，以图富国强兵。而最早的变法，就是魏国李悝主导的。他重视农业生产，强调法治，废除世卿世禄制度，论功行赏，选拔和任用干才，凡此种种，是魏国强盛最直接的原因，李悝也因此成为魏文侯身边最重要的大臣之一。李悝还收集当时天下的法律，编成《法经》六篇，被认为是中国古代第一部比较完整的法典。几十年后，商鞅去秦国寻求发展时，随身携带的就是当年李悝编辑的《法经》，这成为商鞅在秦国变法的蓝本。而李悝也因为对后世法家的重要影响，而被认为是中国法家的始祖级人物。

李悝在魏国的变法很成功，但是我觉得这种改革开放的大手笔，类似我等一般小民，从中也很难学到太多对自己的生活有用的东西。而相对来说更加干货的，则是他和魏文侯之间的一次对话，一次关于看人、择人的对话。

有一次文侯问李悝，说先生曾经教导我，家贫思良妻，国乱思良相。一个公司能否发展好，好的职业经理人（良相）很重要。现在就我们魏国的情况来看，可以选择的就是魏成和翟璜这两位，您觉得谁更合适做魏国的良相？

李悝先是推辞了一番，但文侯执意要他说说谁更合适，于是，李悝就提出了很著名的观人五法："居视其所亲，富视其所与，达视其所举，穷视其所不为，贫视其所不取。"就是说，看一个人，可以从这几个方面来看：平日里，看他和谁交往；他有钱时，看他怎么花这些钱；他有一定的地位势力了，看他推举的都是些什么人；他遭遇困境了，看看有什么事是他不做的；他没钱潦倒之时，看看是否还能坚守道义，不取不义之财。最后李悝说，老板您根据这五点，自己来选择就好了，不用问我啦。文侯点点头，说好，你回去休息吧，我已经知道选谁了。

李悝的这番话，至少有两处是值得我们学习的。首先就是看人的五个方面。看人，历来不是容易的事情，李悝此处的五个方面，可以作为一种标准。通过这五个方面，大致可以知道一个人的品行、性格、喜好、能力等，但凡择友、择偶、择君、择臣，可以参考。至于这五个方面乃至看人更多的细节，是一门大学问，以后可以找机会开专栏。

其次，李悝讲完这些标准后，并没有和文侯掰手指头说，老板你看，魏成在这五方面是怎么样的，翟璜又是怎么样的，所以应该选谁做咱们魏国的相国，没有，完全没有。而是话锋一转，说您自己根据这五条看着办吧。这里面的微妙之处，实在值得揣摩。

一般人家问我们意见，我们总是会想要给到人家一个具体的答案，觉得这样才是不负他人所问。殊不知，有时候像李悝那样，给一些原则，而不给具体答案，让提问者自己根据原则去做选择，是一种更加周全的回应方式。因为当你给出一个具体的答案时，如果对方听你的，而最终结果不佳，则你就有相应的责任；而对方如果觉得你的答案不好，而不愿意听你的，也显得对你不太信任或不太重视，这样也会给对方压力。所以，很多时候，你给出一个具体的答案，就会面临上述两种可能的尴尬。而给出一些解决问题的思路和原则，让对方在这些思路和原则下自己去选择答案，无疑会使自己和对方都有更多的回旋余地，不失为一种更加高级的应对方式。

当然，具体采取哪种方式来应对类似的提问，还要考虑提问者的性格、和自己的关系、问题的重要性、自己在这个问题中的位置等诸多因素，不能千篇一律，生搬硬套，这些都是功夫。

李悝从魏文侯的办公室离开以后，顺道就去了翟璜家里。翟璜见面就问："听说今天国君召见先生，是要确定下一任相国的人选，不知道确定了没有？"可见即使在没有高科技的战国时期，要瞒点什么事也不容易。我想那个时代的人肉水平应该更高，因为、因为，没有别的手段，只有人肉……

翟璜开门见山，李悝也毫不扭捏，直接就回答说："确定了，是魏成。"翟璜一听，当时就恼了，也顾不得什么大臣的体面，马上就发飙了："魏成？我翟璜哪点不如魏成？那个在西河把秦国人打得找不着北的吴起，是我举荐的（那时的秦国还在群众演员里混）；把邺城治理得井井有条的西门豹（小学语文课本里治巫婆的那位），是我举荐的；那个灭了中山国的大将乐羊（诸葛亮的偶像之一，乐毅的祖先），也是我举荐的；太子的老师屈侯鲋，还是我举荐的。就连先生你，李悝，都是我举荐的。你们这些人可都是魏国的栋梁之材，都出于我的举荐，难道我没有资格做相国么？和我的这些功绩相比，他魏成算哪根葱？"

估计李悝早就预料到翟璜的反应，也早就想好了该怎么来应对，不然也不会主动上人家里去找不自在。他对翟璜说："不错，我是您举荐的。但是您举荐我，完全是为了魏国，而不是为了以后我帮您说话，让您升官吧？您没那么庸俗和自私吧？（似贬实捧，把翟璜送上了道德的高地，再悄悄掐断了后路，翟大人就下不来了，李悝自己也就从容多了。）我其实也没说谁更合适做相国，只是向老板说了看人的五个方面，让他自己选择。但是我根据这五个方面来推测，老板一定会聘用魏成，而不是您。为什么呢？您看，魏成把公司给他的工资、奖金、股份分红等收入，九成用于帮助他人或公司解决困难，用在自己家里的只有一成。您能行么？再者，您举荐了五个人，是魏国的栋梁，可人家魏成也举荐了三个人啊。什么，五个比三个多，当然，我李悝再傻，也还是识数的。但是，很多时候不能看数量，还要看质量。您举荐的五个人，国君都任用他们做大臣了，哪怕是最重要的大臣，但也还只是大臣；可是人家魏成举荐的三个人呢？国君当作自己的老师供起来啦，跟随他们学习，向他们请教。要知道，我们老板可是天纵英才，脑子非常好使，他知道哪些人值得他去学习。所以他选择的老师，一定是有真才实学，能够值得他追随学习的。这样的老师，哪怕有一个，都远远超过五个大臣，更何况有三个？您觉得您能和魏成相比么？"

翟璜听后，心里虽然不舒服，但也无话可说。犹豫了半天，还是切换回了大度模式，向李悝拜了两拜，说："我是粗鄙之人，没有见识，不会说话，先生不要见怪。我愿意做您的学生，向您学习。"

看完这段，可能你除了对李悝的辩才印象深刻以外，还很想知道魏文侯那三个老师到底是谁？为什么魏文侯如此敬重他们？不急，我们后面会谈及。看北川的文章，需要耐着点性子，因为我比较婆妈，喜欢唠叨。

顺便提一嘴，同一时期，史书中记载魏国有个叫李克的大臣。有人认为李悝就是李克，也有人认为这是两个人。我个人觉得这个不是很重要，这些比较细致的考据，留给更加专业的人去做好了，我们一般人看历史的重点并不在这里，大家就当李悝和李克是同一个人即可。

吴起

相比于李悝，吴起的名望在一般大众里要高很多。他是战国时期著名的军政奇才，和"兵圣"孙武齐名的军事大家。他对于魏国的百年霸业所起到的作用，仅次于李悝。可以说，李悝是那个时代魏国的文臣之首，而吴起则是武将之首。

吴起是卫国人，早年家境不错，也有志于功名，于是带着钱四处奔走，希望能谋个一官半职。但是时运不济，他把千金家财都花完了，却依然只是一介布衣。回去后，吴起遭到乡人的嘲笑，他一怒之下，杀了三十多个嘲讽他的人（胆大心狠武功好），然后潜逃了。临走时，吴起和母亲诀别，发誓说："我这辈子如果做不到上卿、相国这一级别（相当于现在的部级、国级领导）的高位，就永远不回家了。"

吴起怀志潜逃（不是畏罪潜逃）后，几经辗转，来到了当时著名大儒曾子的门下，成为曾子的学生，开始了全新的生活。在孔门的弟子中，颜回排第一，曾子列第二，这是众所周知的事情。而颜回天不假年，在孔子生前就去世了，于是曾子就成了孔门众贤中实际上的NO.1，吴起有这样的老师，也应该是一件很荣耀的事情。不过说实话，我实在想不通，以吴起的性情才干，为什么要选择投在曾子的门下，这对师生之间的差异也太大了。也许，当年吴起的真实意愿，并非是出于真正敬仰曾子、愿意追随曾子学习，而是希望借助老师的社会地位，为自己谋一个好前程吧。（这没有任何史料依据，完全是我这个阴暗小人的私下揣测，大家不必当真。）

　　吴起在曾子门下没多久，就接到了母亲在卫国去世的消息。以常理来看，吴起此时应该立即回家奔丧才对，即使为此耽误学业，这也是完全正常的理由，学校一定会给假的。而吴起同学呢，却不为所动，继续留在老师身边学习。按理说这样一种求学的精神，实在令人感动，都可以入选"感动周朝"的十大人物了，可是在曾子这里，这样的行为，简直是大逆不道、十恶不赦。因为以儒家的观点来看，孝是为人最重要的德行，如果母亲去世都不回去奔丧，这样的人简直与禽兽无异，失去了做人最基本的道德底线。更何况，曾子是孔门众贤中以孝著称的，在最重视孝道的老师门下学习，居然做出最不孝的行为，曾子脾气再好，也不可能不有所表示了。他的表态很简单："你，吴起，从今以后，不再是我的学生，我也不再是你的老师。"吴起同学，还没学完一个学期，就被逐出师门了。

　　作为一个中国人，我也很难接受吴起不回家奔丧这样的行为。但是我想，也许是吴起不愿意违背自己当年的誓言，即使是在母亲去世这样特殊的情况下。他也许无法接受自己仅仅以"吴起同学"这样的身份回到家中，去面对亲友。他渴望功名，希望衣锦还乡，这样的一种渴望，还可以在他未来的人生轨迹中多次出现。当然，还有一种可能就是，他犯下了严重的命案，杀了三十多人，卫国对他的通缉令尚未过期，所以他不能回去送死。总之不管怎么样，吴起同学被开除了。

　　被迫提前离开校门的吴起同学，又开始了四处游历的生活（估计在此期间学习了兵法），最终在鲁国安顿了下来，投身鲁国权臣季孙氏门下做了门客，又娶了一位齐国的太太，看似要过一种平淡安逸的人生了，但是，一次齐鲁两国之间的战争，给了吴起一个崭露头角的机会。

　　当时齐国入侵鲁国，鲁穆公有意启用吴起为将，而吴起本人也非常振奋，以为多年期待的机遇终于来临。但是吴起忽略了一个事实，就是他的太太是齐国人，在齐鲁两国交战的时候，让一个齐国女婿率领鲁国的军队去迎战齐国，这无论如何也不能让人放心。所以当有人向鲁穆公提及此事时，穆公犹豫了。吴起求将心切，做了一件在一般人看来绝对不可能的事情：把自己的太太杀了。没错，你没看错，我也没写错，吴起把自己的太太杀了，以这样一种残忍的方式，来表明心迹，希望换取鲁国对自己的信任，进而有机会展现自己的才华，这就是很有名的"杀妻求将"的故事。鲁穆公一看吴起这么拼，为了表忠心连老婆都杀了，再不让他带兵实在说不过去了，于是任命杀妻后的吴起为三军统帅，率军迎战齐国，并且最终以弱胜强，打败了齐国。

面对如此的胜利，鲁穆公非常高兴，准备重用吴起，但此时，另一种声音却出现了："吴起有三不可用。一者，听说当年这个家伙就是因为不回家奔母丧而被著名的贤人曾子老师逐出师门的，现在连老婆都忍心杀，这样自私自利的人，还会有什么事情做不出来？此人纵然有才，也绝对是个无德的危险品，不能碰。二者，鲁国是小国，长期以来在大国间示弱，方能生存，如果现在启用吴起，有图强之意，恐怕会引起周边大国的焦虑，不等我们真正强大，人家就会把我们扼杀在摇篮里。三者，吴起是卫国的通缉犯，而卫国和鲁国长期关系良好，是兄弟之国。如果我们重用卫国的逃犯，那就是得罪了自己的兄弟，没必要为了吴起这样的一个危险品，而伤害和卫国之间的兄弟情谊，那是不划算的。"穆公一琢磨，觉得很有道理，于是就打消了重用吴起的念头。

怎么样，这个桥段是否很熟？当你做出点成绩，有点声望之后，总会有相反的声音出现，无论这个声音是否出于私心（绝大部分时候就是出于私心）。在这一点上，两千多年前的鲁国朝堂，和今天的办公室，没有本质的区别。当然，不可否认的是，不能重用吴起的三点理由，都是很有道理的，尤其是第二点，更是现代人的一个盲点，值得我们仔细玩味。

遭受第三次打击的吴起，并没有一蹶不振，而是继续他的追梦之旅。他听说魏文侯贤明，非常渴求人才，于是离开鲁国，西行入魏，开始逐步走上人生轨迹的上升通道。

吴起来到魏国后，递交了简历，就开始在宾馆里等消息。而拿到简历的魏文侯，就找李悝来商量，说有个叫吴起的，想来应聘，你怎么看？李悝说："吴起这个人，比较贪婪，而且好色，生活作风不太好。不过，他打仗却是一把好手，即使当年齐国的名将司马穰苴，也不如他。"那到底该不该聘用吴起呢，李悝没说，又是一次不给具体答案的谈话。鉴于李悝经常这样讲话，我们不妨把这种说话方式叫作"李悝体"。

魏文侯不愧为一代英主，在深思熟虑之后，果断地启用了吴起这个危险品。事实证明，这是一个非常正确的决定，吴起以其卓越的军事才华，辅佐了魏文侯、魏武侯父子两代国君，对于魏国在军事方面的强大，起到了举足轻重的作用。

有人说，为什么鲁穆公不用吴起，魏文侯却敢用？首先，魏国处于大争之世，地处天下腹心，危机很明显，所以对人才的渴求程度是非常强烈的。吴起虽然德行有亏，但才华实在出众，魏文侯急着治其标，需要吴起的才干来缓解魏国的危机，并使魏国有所发展，故暂时忽略其德行不足的一面。关于这一点，千年后的大唐名相魏征，在有一次和唐太宗的谈话中，也表达了类似的观点。魏征说："天下未定，则专取其才，不考其行；丧乱既平，则非才行兼备不可用也。"当然，我觉得这里的"专取""不考"不是完全忽略品行的意思，而是重用其才，再采取一定的措施，限制其德行不足可能带来的危害，这样去理解，才会比较全面。魏文侯脑子足够好，一定能够想到这一层，也有方法来约束吴起，所以敢用危险品。

其次，魏国和鲁国的国力不同，国家战略也不同。前者是要争霸天下的，而后者只是在大国博弈中寻找自己的安身处。不同的战略，决定了两国国君对于吴起的态度。我认为，两位老板在这一点上都做对了。

至于吴起的祖国卫国，以魏国的国力，魏文侯可以根本不拿它当回事，也不是它的兄弟之国，当然可以忽略不计，所以启用卫国的通缉犯吴起，也没有什么大不了的。

吴起对于魏国军事的重大贡献之一，就是改革了魏国的兵制，在魏国建立了一支被称为"武卒"的精锐部队。这支部队的所有士兵均经过严格挑选和严酷训练，一旦入选，则可以免除该士兵全家的徭役和田宅租税。同时，吴起非常懂得体恤下属，在部队里和最下等的士兵穿一样的衣服，吃一样的伙食，睡觉不铺垫褥，行军不乘车骑马，亲自背负捆扎好的粮食和士兵们一起步行，凡此种种，赢得了将士们极大的拥戴。有一次，一个士兵生了恶性毒疮，吴起亲自替他吸脓排毒，把这个小兵感动到不行。后来这个士兵的母亲听说此事后，放声大哭。有人问："你儿子是个无名小卒，将军亲自替他吸脓排毒，你怎么还哭呢？"那位母亲回答说："当年我丈夫也在吴将军帐下当兵，也长了毒疮，吴将军替我丈夫吸脓排毒。他为了报答将军的恩德，在战场上勇往直前，不避刀剑，最终战死。如今吴将军又替我儿子吸脓排毒，我儿子也必定为了报答将军的恩德而战死，所以我才哭啊。"

吴起在魏国为将二十多年，和诸侯之间大小数十战，几无败绩，其中最重要的军事成果，就是完整夺取了秦国的战略要地西河地区，将秦国压制在洛水以西，遏制住了秦国向东发展的通路。魏文侯在吴起率军夺取西河地区后，在当地设置了西河郡，并听从翟璜的建议，让吴起担任首任郡守，镇抚该地区，使秦人无法东向。而秦国自此，历代国君均不忘夺回西河，以求打破被封锁的状态，但始终未能如愿。直至七十多年后，魏国实力大幅下降后，秦国才完全彻底收复西河，打通了东进争霸的道路。

魏文侯去世后，吴起继续辅佐魏武侯，并在公元前389年的阴晋之战中，以五万魏军，大破入侵西河的五十万秦军，秦人羞愤不已，天下诸侯胆寒，魏国盛极一时。

有意思的是，在武侯刚刚即位时，吴起还有过一次当魏国相国的机会。但是和他的伯乐翟璜一样，吴起也最终落选了。他落选后的表现，比翟璜更胜一筹，直接跑去问自己的竞争对手，新任相国田文，说我们两个比比功劳吧，看看谁更有资格做相国？田文倒也淡定，答应和吴起比功劳。可是吴起连说三方面的功劳，田文都说自己不如吴起，这下吴起火更大了：你丫哪哪都不如我，凭什么官比我大？只见田文不紧不慢地反问吴起："眼下新主刚刚即位，朝野都对魏国的前途充满疑虑。毕竟先君在位五十年，大家都习惯他老人家了。再说先君把国家搞得有头有脸，国际上没谁敢不服的，咱魏国人出国都是世界一等公民的赶脚。这下倒好，换了个小年轻，谁知道他小子是不是个败家子呢？所以，新君在朝中尚未得到大臣们的肯定，在民间尚未得到百姓们的拥戴，目前这种局面，相国之职尤为关键。吴大人，您觉得是您合适来坐这个位置，还是我合适？"吴起沉默了半天，最终还是憋出一句："您合适。"

我以前读史，到这一段，第一反应是：此时的吴起根本看不出是一个指挥千军万马的统帅，反倒像一个和小朋友抢玩具的小孩子。最可爱的是，抢输了，还认输，承认自己不如对方，实在很有意思。第二反应才是：吴起的才干，在其他方面虽然很胜任，但是不足以应付当时的局面，所以相国还是要田文来做。可见不是一个人有才，就可以做任何事情的，才干和他的位置必须相配，才能发挥出人才最大的作用。

在辅佐魏武侯十年之后，吴起受到排挤，失去了魏武侯的信任，被迫离开了魏国，南投楚国。楚悼王听说吴起来投，喜出望外，请吴起担任楚国的令尹（即相国），在楚国推行变法，此即著名的"吴起变法"。经过变法后的楚国，在短短数年间一改颓势，重新恢复上升的势头。不过，任何变法都会伤害既得利益者，所以在楚悼王去世后，楚国旧贵族谋害吴起，最终吴起死于乱箭之下，楚国变法终结。

吴起在魏、楚两国军事、内政方面的成就在战国时期起到了深远的影响，后来任魏国相国的公叔痤，在浍北之战获胜后主动将战功让给吴起的后人，并称获胜的原因是受"吴起的余教"。与吴起同为卫国人的商鞅，受吴起的影响也很大，后来在秦国变法时，商鞅采用的徙木立信和什伍连坐法，其实都是仿效吴起的。

吴起这个人有才，这点凭他在鲁、魏、楚三国的表现就足以证明，两千余年来，大家对此毫无争议。但是，对于他的品行，则一直以来评价颇为负面，主要依据就是他母死不归、杀妻求将，以及李悝对他的评价：贪而好色。

但是，我一直认为，人性是复杂的，不能以简单的善恶来评价。如果说吴起品行不佳，那如何解释他爱兵如子呢？又比如，在魏武侯即位后，有一次带着吴起等几位大臣去西河视察。当时武侯赞叹山川险固，颇有自得之意，而吴起则直接提出，国之兴亡，在德不在险，提醒武侯要内修实德，不可过于依赖外在的地势。还有一次，武侯因处理朝政得体，大臣中无人能及，因此而产生傲慢之心，吴起见到后，就援引楚庄王的例子，提醒武侯，这种大臣不如国君的情况，其实是一种亡国的先兆，应该感到恐惧忧虑，不应该欢喜傲慢。包括和田文争相，失败后能认识到自己确实不如田文，予以承认，也没有继续用阴谋诡计去夺取相位，这些都是不容易的。

从上述的这些故事，都可以看出，吴起并非不知道德行的重要性，也并非完全忽视德行，只是有些事情轮到自己身上，要么是无法对抗内心的贪嗔烦恼，要么是有其他的考虑，所以看起来外在的品行就不是那么好了。

总之，人性是复杂的。

翟璜

在讲李悝的时候，翟璜已经出场了，不过那个桥段，看起来这位翟大人似乎是个名利之徒，不是那么贤明。其实呢，这只是翟大人心中的私欲暂时发作后的表现，冷静下来的翟璜，还是相当不错的一个大臣，是魏文侯的重要助手之一。

翟璜的事迹，史料中不是很多，但都比较出彩。前面在他和李悝的谈话中，我们已经可以知道他为魏国举荐了大量的人才，是魏文侯心中相国的候选人之一。在他举荐的人才中，李悝和吴起当然很厉害，但是最令人感动的一次举荐，是他举荐了乐羊。

魏文侯在西河对秦国人占据了绝对优势后，就开始考虑新的发展方向。几番思量之后，他把眼光对准了东北地区的小国：中山国。

中山国并不是华夏族建立的，是狄族的鲜虞部落在春秋时期建立的国家，位于赵、燕两国之间，与魏国并不接壤。魏文侯怎么想到要打中山国，有两种说法：一是说当时赵国进攻中山国不利，请求魏国帮忙，所以魏国就去了（帮忙之余，当然可以顺手牵羊）；另一个说法是魏国自己想灭中山，专门向赵国借路，赵国也答应了（不妨碍同时搞点小动作）。但不管是受人之托，还是自己想去的，魏文侯现在已经决定要派兵进攻中山国，那么，最大的问题就是：谁来领兵呢？

你也许会说，吴起呗，他不是很牛么？是的，吴起的确参加了对中山的战争，但是他并不是主将，而是副将。换句话说，魏文侯并没有启用吴起作为对中山之战的统帅，虽然吴起很会带兵，很会作战，已经在西河把秦军打得不敢向东看，足以证明自己的帅才。为什么放着这么帅的才不用呢？这个你要去问魏文侯本人。也许，这就是他对于"危险品"的处理方法之一吧。

这个时候，翟璜站了出来，推荐了一个人：乐羊。

战国时期的贵族高官，往往喜欢养一大帮门客，比如著名的"战国四公子"，又比如秦国的商人丞相吕不韦，都有成百上千的门客。养这么多人，一来显示自己的实力和排场，二来也可以发掘不少人才。而被养的门客里，有不少是来混饭吃的，也有不少确是人才，比如平原君手下的毛遂、孟尝君手下的冯谖，都是奇才。最著名的门客，要属吕不韦手下的李斯，这厮最后居然混到了秦国丞相，位极人臣，也算门客里最励志的一位了。而乐羊，正是翟璜的门客。翟璜认为他有大将之才，所以向魏文侯举荐。

按说举荐了一个自己的门客，不是什么大事，最多有人说你任人唯亲，把自己的心腹安插进重要的位置，以谋取私利。但是，这个乐羊，背景却很复杂，复杂到让这次举荐成了魏国历史上最感人、也是最有争议的一次人才推举。

乐羊有个儿子，叫乐舒，当时正在中山国做将军（一汗），而且这个乐舒，以前还杀死了翟璜的儿子翟靖（再汗）。换句话说，翟璜的儿子被乐羊的儿子杀了，翟璜居然还收留了乐羊做门客，然后还举荐乐羊担任征伐中山国的统帅。如果你在前面看到翟璜和李悝辩论，觉得这个人很没风度的话，现在是不是觉得翟大人的形象很高大、光辉？

翟璜，你到底是好人还是坏人？（问话的人，你可不可以不要这么熊猫？）

听说翟璜举荐乐羊做统帅，魏国朝堂炸开了锅。大臣们纷纷怀疑翟璜的脑子进水了，居然举荐了杀子仇人的父亲。（倒没人怀疑翟璜和乐羊串通起来，通过乐羊的儿子乐舒来投敌，因为毕竟翟璜自己的儿子被乐舒杀了啊。）同时，大臣们表示坚决不能启用乐羊，因为他儿子就在中山国为将，如果乐羊阵前叛变（在魏国大臣们看来，这种可能性非常大，大到几乎百分百），那讨伐中山国的魏国大军，就白白送死了。

关键时候，又是魏文侯，果断接受了翟璜的推荐，任命乐羊为统帅，率军征讨中山国。魏文侯为什么敢用乐羊？我觉得最关键之处，还是在于文侯对翟璜的信任和了解。他知道翟璜有识人之能，曾经举荐过很多的人才，对魏国忠心耿耿，如果不是乐羊真的有大将之才，翟璜断断不会轻易举荐的。其实一个优秀的领导就是这样，他不需要知道乐羊是谁，他只需要确保翟璜是个有脑子、有眼光的人就可以了。（关于这一点，你如果不太明白也不要紧，我们会在之后谈到魏文侯那几位老师时，再展开讲一讲。）

有了翟璜的力荐，魏文侯的亲自任命，乐羊于是挂帅出征，引兵北伐中山。经过三年的苦战，乐羊付出了极大的牺牲（主要是他个人），终于灭亡了中山国，用成绩回报了魏文侯的信任和翟璜的举荐（关于乐羊的故事，也很出彩，下文会讲）。

魏国灭亡中山后，需要有人在当地镇守。魏文侯先后派了两个儿子去做中山的最高行政长官，其中包括后来继承魏国国君之位的魏武侯。按说此事也没有错，中山国的位置很重要，派儿子镇守，代表对此地的重视。但是呢，文侯身边，还是有人对此看不惯。

一次宴饮之中，魏文侯估计也是多喝了几杯，有点高，就趁着酒兴问群臣："大家都说说，我是怎么样的老板啊？"大家都说，您是好老板啊，什么样的优秀品质都具备啦，然后就是一通赞誉之词的堆砌，魏文侯听了也很受用。就在他陶醉于这些点赞的时候，煞风景的主来了。有一个叫任座的，估计喝得比文侯还高，晃晃悠悠站起来，大着舌头说："您啊，不咋地。您看，把中山国打下来了，不封给自己的弟弟，却封给自己的儿子，这不是明摆着偏心嘛。"魏文侯一听，勃然大怒，脸色当场就不对了。而任座一看老板脸色都变了，酒也吓醒了不少，害怕受到处罚，于是一溜烟跑出去了。魏文侯刚想让人把任座抓回来，翟璜站起来了，说："很明显，您是贤明的君主啊。为什么呢？因为只有贤明的君主，他的属下才敢任性地说话，而不用害怕被治罪。刚才任座这么任性，足见您是贤明的君主，不然，谁敢这么说话呢？"文侯一听，转怒为喜，让翟璜把任座去请回来，说要好好赏赐任座。

我每次想起这段，都觉得好笑。你看，都过了两千多年，人性却是一点都没变。如果把上述的场景往后挪两千多年，放到某单位的年会活动上，除了时间、人物、地点的改变，事件的本质，不会让你觉得有任何的违和感。就世间人而言，没有人不喜欢听赞誉，也没有人真正愿意听批评，哪怕是魏文侯这样头脑清晰的领导，一样未能免俗。趁着酒兴，想听听大家的点赞，也是人之常情。遇上个任性的，说了两句实话，道理虽然对，听着却实在不舒服。幸亏翟璜会说话，借着任性这个理由，把文侯捧上去，同时也暗示文侯应该做一个贤明之君，要容许臣下说难听的话。魏文侯什么人，难道会听不出翟璜的意思么？但是翟璜的话讲得好听，又表达了自己的意思，还给足了领导面子，让他有台阶下，魏文侯自然也就顺着下来了，君臣皆大欢喜。

有趣的是，一千多年后，同样的招数，又被魏征拿去用了一遍。在回答唐太宗自己是否要做忠臣时，魏征说我才不做忠臣呢，我要做良臣。唐太宗很好奇，就问忠、良的差别何在？魏征说，忠臣的老板往往都是暴君，下场都是被咔嚓了，自己死得冤，也连累把老板的名声也糟蹋了；而良臣呢，老板都是明君，自己再怎么提意见，老板都不会咔嚓掉自己。如此则自己得到保全，老板也会流芳百世。唐太宗听后哈哈大笑，这段话背后的奥义，就在这爽朗的笑声中被领会得一清二楚。

你要问我唐太宗笑什么？抱歉，你自己穿越回唐朝去问他吧。

乐羊

上一期讲到，翟璜不计个人恩怨，举荐了杀子仇人的父亲乐羊，来担任征伐中山国的统帅，而魏文侯也不顾乐羊之子在中山国为将的事实，放手启用乐羊。而乐羊也没有辜负两位，以灭亡中山国作为回报。今天，我们就来表一表乐羊灭中山的故事。

中山虽是小国，但乐羊的出征依然不是那么顺利。我想主要原因在于中山与魏国并不接壤，魏军要穿越大片赵国的领地，越境攻打中山，劳师远征，粮草军械难免供应不周，加之赵国可能也不时做些小动作，所以乐羊出征后，一连三年，都未能彻底灭亡中山国。

接下来的桥段，又很熟悉了，在今天的办公室里，也经常可以看到。所以历史这个东西，其实真的是一直在上演的。要问为什么，就是因为"人同此心，心同此理"罢了。本来乐羊挂帅，就是很有争议的事情，现在三年都未能灭亡中山，朝中各种声音又起来了。所幸，魏文侯不为所动，继续给予乐羊极大的信任和耐心。在这一点上，一百多年后的燕将乐毅，就明显不如自己的老祖宗这么幸运了。（乐毅是诸葛亮的偶像之一，他的故事也很传奇，以后给大家分享。）

那边魏文侯顶着满朝文武的压力继续支持乐羊，而中山国这边，连续三年都打不退魏军，有亡国之虞，国君中山桓公也是压力山大。桓公就琢磨，对付乐羊这样的狠角色，不开挂放点大招是不行了。那大招在哪呢？有了，乐羊的儿子乐舒，不就在中山国为将么？大招就出在这小子身上了，谁让他是乐羊的儿子呢？于是，中山桓公就把乐舒抓起来给杀了，这还没完，更恐怖的事情还在后面，他把乐舒的肉煮成了肉羹，让人送给乐羊，希望以此打击乐羊的意志。若主帅意志崩溃，魏军自然败退（几百年以后的楚汉相争，项羽也威胁刘邦，要把刘太公给煮了。只不过那是吓唬刘邦而已，碰上刘邦嬉皮笑脸地说"煮好了别忘记给我来一份"，项羽也只能干瞪眼，而现在中山桓公可是真做了）。

而乐羊的表现呢？更让人瞠目结舌。他当着中山国使者的面，就在自己的中军大帐内，把儿子的肉羹一口口给吃了（是亲生的么），以此表明自己灭亡中山的意志坚决，不会因为儿子被做成了菜而有所动摇（估计那使者是当场吓尿了）。魏军一看主帅为了国家的事业而做出来如此的牺牲，个个感奋，没有多久就攻克了中山的国都，中山桓公带领残部败退，中山国第一次灭亡（什么叫第一次？这亡国还有第二次的？嗯，有，这个以后说）。

消息传到魏国的朝堂，魏文侯相当感动，不禁叹息道："乐羊为了我，连自己儿子的肉都吃了。"讲这话时，估计还噙着眼泪，因为这实在是太感人了。而当年反对乐羊、诬告乐羊的那些大臣们，也一个个都哑了：乐羊非但没有叛国投敌，反而为国做出如此牺牲，谁还能再说些什么呢？

如果你认为此时此刻，真没人能讲乐羊什么坏话了，那你也太低估人性的曲折了（注意，我用的"曲折"，而不是"阴暗"）。就在满朝文武或呆若木鸡，或感动流泪之时，一个声音从角落里幽幽地传出来："丫连亲生儿子的肉都吃了，还有谁的肉他不吃呢？"

讲话的人，叫堵师赞，这是一个很古怪的名字，古怪到我也搞不清他到底姓"堵"，还是姓"堵师"，反正这话让人听着感觉心里很堵。这个人似乎在史册中没有其他记载了，但仅凭这一句话，这位仁兄就足以名留青史了。

聪明如魏文侯，当然不会略过这句话。估摸着此时的他，心中也在犯嘀咕：好嘛，我手下都是些什么人啊？有杀老婆的，有吃儿子的，一个比一个狠，我魏斯难道就是成天坐在火药桶上的命么？

不久，乐羊从中山凯旋，受到了魏文侯的接见。受了这么大的委屈，立了这么大的功劳，要说乐羊没有一点点傲慢的情绪，那是不可能的。这种傲慢，一直到了老板办公室，也没有从脸上消退。魏文侯见到乐羊，先是赞叹了一番，并对乐舒的不幸牺牲表达了深切的哀悼，好言抚慰乐羊，劝他节哀。等乐羊情绪平复些后，魏文侯不经意地让人搬出两大箩筐的文件，说这里有不少报告，将军不妨看看。乐羊拿起来一看，原来这些都是三年以来，自己在征伐中山国时，朝中大臣对自己的弹劾折子，已经积满了两箩筐。这下子他清醒了不少，知道如果没有魏文侯在背后的支持，自己根本不可能建立如此的功勋，于是就向文侯赔罪。魏文侯此时又恢复了笑容，下令把灵寿这个地方封给乐羊，让乐羊成为当地的领主，世代享受当地的赋税，以此作为对他为魏国灭亡中山国的奖励。但是，注意但是，魏文侯从此再也不曾重用乐羊，一代名将就终老于自己的封地田园中了。

在对待乐羊的过程中，我们会发现魏文侯的老练深沉之处，很值得细细品味。

首先，他敢于启用乐羊，这是基于对翟璜的了解和信任，这点之前已经说过，后面我们还会展开详谈。

其次，在乐羊三年不克中山、朝臣疑虑满天的情况下，他能够继续坚定支持乐羊，这也很不容易。须知这时，是对魏文侯判断力和意志力的极大考验，看看他在形势不利的情况下，能否坚持正确的选择，这是一个优秀领导人必备的素质。

只是，魏文侯更高明的，还不在于能够坚定支持乐羊，而是在乐羊凯旋时，能够很巧妙地利用三年来朝臣对乐羊的意见，来约束乐羊，消除乐羊的傲慢，使他能够回归到正确的心态中去，使那些弹劾折子发挥了又一重的功效。这种一菜两吃的手法，很是了得。

再次，给予乐羊丰厚的赏赐后，却再也不重用他，也是有很深的考虑。这说明，那句角落里幽幽传出的话，确实很让魏文侯堵得慌，把儿子吃了的行为，也很难让魏文侯接受。魏文侯有理由相信，乐羊这个人薄情寡义到了相当的水准，如果继续重用，说不定哪天就会给魏国带来大麻烦，但毕竟人家立了大功，还为魏国牺牲了儿子，也不能不有所表示。所以呢，还是给予封地厚禄，好好地养起来，以显示魏国朝廷不忘其功，但不再用他，以规避风险。

有人可能不服，替乐羊鸣冤：吴起不也杀了老婆来求将么？为什么魏文侯就持续重用吴起呢？我觉得，这里面还是有区别的。一般来说，儿子和自己是有血缘关系的，相对来说感情会更深些。在很多离婚的家庭中，夫妇关系不好，甚至反目成仇，但双方都很爱孩子，这样的情况并不少见。所以从这个角度来说，乐羊食子，比吴起杀妻更恐怖，更会使人觉得他狠毒异常。

回过头来说乐羊，说实话我也觉得他有点冤。儿子并不是他自己杀的，是被敌人所杀，这和吴起为求功名而主动杀妻完全不一样。至于食子肉，我想乐羊应该更多的是在向中山国表达自己的意志和决心，也不排除是同时为了激励自己部队的士气。应该说，震慑敌军和激励部属的效果都很好，但是，他欠一个考虑。他可能没有想到，这件事传到魏文侯耳中，会有人说他"连儿子的肉都吃，还有谁的肉不吃"，有了这句话，就足以让老板觉得自己狠毒，进而疏远自己。

而且，在当时的情况下，乐羊并不是只有食子肉这一个方式来表达决心的，虽然说这个方式效果不错，但后遗症也大。如果当时乐羊是哭晕在地，或者是斩杀来使，或者是向全军展示儿子的肉，号召兄弟们为自己的儿子报仇，我想朝里就不会有人能说他什么了。

江湖险恶，人心曲折，讲话做事，不可想着害人，但是不能不想如何规避副作用和后遗症。这是一门学问，需要学习一辈子的。

文侯三师

前面说过，魏成曾经向魏文侯推荐了三个人，魏文侯把他们都当作自己的老师，非常恭敬地向他们学习。这三个人是谁？文侯为什么要向他们学习？又学到什么？本篇，我们就来聊一聊文侯的三位老师。

其实，这三位老师，也是师徒三人组，即一个老师，带着两个学生。这位三人组里的老师，就是大名鼎鼎的子夏。

子夏，是"孔门十哲"之一，被孔子誉为在文学方面非常出众的弟子。他比孔子小四十四岁，是孔子在晚年的重要弟子之一，而且子夏本人高寿，据说是活了百岁，所以在他的晚年，和他同一辈分的师兄弟基本都不在了，儒门诸生，皆是他的晚辈。他在儒学方面的成就有很多，我们就不多说了，大家只要知道晚年的子夏，几乎是孔子亲传弟子中硕果仅存的大佬就可以了。

子夏晚年，在魏国的西河地区聚众讲学，魏文侯得知以后，就拜子夏做自己的老师，帮助子夏在魏国传播儒学。其实，当时的子夏，年事已高，又由于晚年丧子而悲痛万分，伤心恸哭之下，双目失明，很难想象在这样的情况下，子夏能直接教导魏文侯多少东西，但是魏文侯依然对又老又盲的子夏执弟子礼，这是为什么？

因为魏文侯深知，一个国家的强大，必须是全方位的，这样的强大才有生命力，才能够持久。在所谓的"全方位"中，就包含了一般容易为人所忽视的"文化强大"。君不见，中国历史上汉、唐、宋、明、清诸朝，在其鼎盛时期，文化都是非常发达的，说长期冠于全球，也毫不为过。又如当今的美国，其经济、科技、军事之强大自不必说，但是它的文化，渗遍全世界，很少有完全不受美式文化影响的地区，这是美国软实力的重要部分。我前面说过，像秦朝这样军力强大、法制严明、农业发达却摧残文化的国家，它的强盛是跛脚的，我个人认为这是秦朝速亡的原因之一。而汉朝建立后，一反秦制，重视文教，亦不妨其武功强盛，遂能绵延四百年之久。

当然，同样是文化，还有不同的区分。本篇只是想说，一个国家的强大，文化是不可或缺的一部分。但是，具体应该弘扬哪种文化，这是一个更大的话题，本篇不涉及，以后有机会可以聊。

年高目盲的子夏，作为当时儒门仅存的大佬，被魏文侯这个一国之君所礼敬，虽然象征性的意义更多一些，但也代表了魏文侯对于文教事业的重视，是一种建设国家软实力的行为。有了国君的带头示范，那么魏国的文教风气渐盛，是不难理解的了。而文化发达，是魏国综合国力的一种体现，可以帮助魏国提升国际声望，吸引更多的人才和资源，成为魏国长期称霸诸侯的重要原因之一。

三人组中，除了子夏这位老师，还有两位学生。一位叫段干木，一位叫田子方。拜子夏为师既然象征意义更大，那么文侯更多的就是向子夏的两位学生请益的。

段干木，史载为人低调内敛，淡泊名利，志在隐居（本篇假定他不是走"终南捷径"的。什么叫"终南捷径"？咳、咳，这个都不知道……以后有机会再说吧）。当魏文侯去拜访他时，他居然翻墙逃走，搞得文侯哭笑不得，但也增加了文侯对他的敬重。于是乎，文侯每次坐车出门，路过段干木的家门口时，必定要站起来，在车上向段干木家行礼，以表达对段干木的敬意。时间长了，大概也有人告诉了段干木这件事，段干木可能也有些感动，就同意与魏文侯见面。

和段干木这样的名士见面，魏文侯显得非常恭敬，站着（不是坐着，更不是躺着），和段干木谈了许久。左右的人看到文侯明明已经很累了，却不敢坐下来休息，都非常感慨。

这个场景传出去以后，有人表示不服。谁呢？翟璜，翟大人。翟璜不无醋意地说："老板见我的时候，箕踞着和我说话；见段干木，站着说话，累了还不敢休息。这也太看重那个书呆子而轻慢我这个大臣了吧？"

什么叫"箕踞"，就是屁股坐在地上，两条腿像八字一样向前伸着。这种姿势因为没有保护好私密处，所以历来被认为是一种极其不恭敬、不雅观的姿势。在椅子从胡人那里传入中原之前，中原人的正规坐姿是膝盖跪在地上，然后把臀部放到两脚跟处，这种姿势称为"坐"，是日常最正规的一种坐姿（日本人至今还保留了这种姿势，生活中经常使用）；若臀部离开脚跟，仅仅膝盖着地，则称为"跪"，比坐更加恭敬。翟璜认为魏文侯以一种非常不恭敬的坐姿来面对自己，是对自己的轻慢。

其实吧，我估计魏文侯也不可能一天到晚箕踞着见大臣，毕竟那是无礼的行为。无论从教养，还是凝聚人心的角度来说，魏文侯都不太可能这样对待像翟璜这样的重要大臣。估计也就是哪一次谈话谈久了，坐得腿麻了，伸直了放松一下而已，这也是人之常情。当然，前提是魏文侯可能觉得翟璜也就是自己的大臣，也很熟悉了，没必要太拘泥礼数，偶尔非礼一下（不要想歪），也不为过。但是呢，没想到翟璜还就真往心里去了，这会儿拿来说事。

文侯听闻此事以后，就把翟璜叫来做思想工作。他说你看，段干木吧，我要封他官，他不要；我要给他物质赏赐，他也不接受。这样的人，一方面真是值得我敬重，另一方面，我也没什么其他的方式可以来表达我的敬意了啊，只有毕恭毕敬地站着，累了也不敢动，只能是这样了。而翟大人你呢？做官做到国家级，俸禄也是异常优厚，你既接受了我给你的高官厚禄，又要苛责我对你的礼数，是不是有点过啊？

我觉得上述的事件很有意思，有很多看点，可以看出人性中的很多东西。

首先，魏文侯说段干木高官厚禄都不要，所以自己很敬重他；而翟璜已经得到高官厚禄，就不应该再苛求文侯对自己的礼数。可见，段干木受到魏文侯的尊重，那是牺牲地位、财富换来的。如果段干木和翟璜一样，那就无法赢得文侯的尊敬了。换言之，世上的事情，本来就是有得有失，这是平衡，是规律，也是天道。如果希望什么都得到，那就是逆天，必遭天谴，不会有好结果。这几句翻译成人话就是：违背大自然的规律，就要受到大自然的惩罚。

有人也许不服：我看见很多人，既有地位财富，也受到很多人尊重，平衡在哪里？很简单，他一定有其他不如意的地方，只是你不知道而已。如果真有一个人，样样都是圆满的，那老天一定会把他尽快叫走。因为这个世界本来就是不圆满的世界，样样都圆满的人，和这个有缺陷的世界是不配的，还是回到样样都圆满的天上去吧。

其次，既然魏文侯曾经对翟璜箕踞，那他为什么不当时就提出来，而是要等文侯见过段干木才提出？很简单，有比较，而且以某种方式进行比，心里才会有不平。所以呢，如果要化解不平之心，就要尽量少比较，或者尽量进行有利于消除怨恨的比较，是很重要的一个心理治疗手段。

再次，我们分析过，文侯的箕踞应该是偶尔为之，但为什么就被翟璜记住了呢？这也是人心的一个规律，比较容易记住别人对我们的不好，比较容易忘记人家对我们的好。所以呢，日常相处中，多想想别人曾经对我们的好，这样比较容易产生和谐。

还有，就魏文侯来说，觉得翟璜是老部下、自己人，稍微随便点无所谓，这个也有点忽视人性的阴暗面了。凡夫俗子，总是有私心的，总是希望得到他人的认同和关爱，这一点不会因为和你比较亲近而有所改变。所以即使是最亲密的人，也应该对彼此保持足够的尊重，这一点是很重要的。

其实关于这段，还有不少想和大家讲，但怕大家嫌我婆妈，所以就此打住了。总之，时时事事都要去体察人性，关注人心，这是为人处世的重要原则。而翟大人在本系列中，一会儿展现人性的光辉面，一会儿展现人性的阴暗面，也是很有意思的一个看点。

三人组中的最后一位，叫田子方，他不仅指导过魏文侯，还指导过魏武侯，可谓两朝国师。

比起子夏和段干木，田子方是属于比较洒脱的一类人物，不太像个高冷的学究，他对文侯父子的指导，也时常在轻松随意的气氛下完成。

记得是一个悠闲的午后，田子方和魏文侯一边听乐队奏乐，一边喝茶聊天，师生二人都很放松。突然，文侯放下杯子，说了一句："不对，这钟声不协调，左边的声音偏高了。"

田子方听了，不禁笑出声来。文侯问："先生为何发笑啊？"田子方说："国君不仅深谙军政之道，还如此精通音律，从个人修养上来说，是很了不起的，但是对于魏国来说，则未必是好事。为什么呢？一方面国君的职责在于治国理政，应该在这方面花更多的时间精力。如果还精通其他技艺，则有可能分散注意力，荒废治国之责。二方面，即使国君听出来钟声不协调，也不应该去亲自纠正。因为乐队自有乐官，国君只要任命专业人士担任乐官，这类错误，自有乐官去纠正协调。如果身为一国之君，连这样具体的操作层面的细节也要亲自去纠正，那就是国君的失职，是越位。我怕您过于精通细节，而忽略了应该任用专业人士这个本职工作啊。"

这一段，讲的是做高级领导乃至最高领导的一个很重要的原则。

以中国文化的观点来看，一个团队的最高领导人，最应该去做的，就是感召人才、识别人才、使用人才，即得人、识人、用人。而当人才被紧密团结和合理使用之后，领导人最重要的任务就算是完成了。如《吕氏春秋》云："贤主劳于求人，而佚于治事。"《旧唐书·张玄素传》云："如其广任贤良，高居深视，百司奉职，谁敢犯之？"即，高级领导应该在"人"的问题上下功夫，而不要纠缠于具体的事务细节。所以我们前面说过，魏文侯不需要知道乐羊是谁，他只要知道翟璜怎么样，就可以了。

田子方的话，一方面提醒魏文侯不要犯纠缠细节这种错误，另一方面也暗含着指出魏文侯任用乐官不力，导致出现钟声不协调。文侯对此也心领神会，回答道："善。"

史书上还记载了一则田子方教导魏武侯的故事，也很有意思。话说一次魏武侯（当时还是魏国太子）出门，在路边遇见田子方。武侯当即下车，站在路边向田子方恭敬行礼。按说田子方就算不用向太子行大礼吧（毕竟是国师），至少也要有个一般性的礼节，表示回应才对。可是田老师呢，大摇大摆地就从太子身边过去了，什么表示也没有。

这下太子hold不住了，但也不好当场发飙，于是跑去换了身马甲，准备让田老师长长记性。他很礼貌地请田老师留步，说要请教一个问题。田老师说可以啊，你问吧。

于是魏击（魏武侯名击）同学问道："田老师，您说富贵的人有资格傲慢呢，还是贫贱的人有资格傲慢？"

魏击同学的意思很清楚：我贵为魏国太子，未来的魏国国君，在魏国富贵至极，尚且如此恭敬地向你行礼；而你呢，只是一个普通百姓，被我父亲赏识而已，却敢视我为无物，就这么走过去了，你还有理了你？要说傲慢，我身份高地位高，才最有资格；你没有我父亲，什么都不是，你凭什么对我如此傲慢？

田老师听到这样明显挑衅的问题，倒是很淡定，毫不犹豫地回复道："当然是贫贱的人有资格傲慢，富贵之人哪有资格傲慢？"

魏同学这下可真不明白了："您给说说，贫贱的人怎么就有资格傲慢了？"

田老师不紧不慢地说："你看，富贵之人如果对人傲慢，就会失去众人的支持和拥戴。由于他的富贵是靠众人拥戴而得来的，如果没人拥戴他，那富贵也就没有了。如果他是诸侯，没有人拥戴就会失国；如果他是卿大夫，没人拥戴就会失去家业。失去国的人，从来没听说过哪里还有人会给他准备另外一个封国让他继续去做诸侯；失去家的，也没有听说过哪里还会有人给他准备另外一份家业让他去继承。所以为了保住现有的国和家，就一定要得到众人的拥戴，这些富贵的诸侯、卿大夫们，谦恭待人还来不及，哪里敢傲慢呢？"

"贫贱之人则不同啦，看谁不顺眼，就不搭理他呗，相比那些富贵之人来说，要潇洒多啦。凭啥贫贱之人就能那么潇洒呢？很简单，我不搭理人家，最多也就是没人喜欢我，我继续贫贱呗。我本来就是贫贱的，现在因为不搭理人而继续贫贱，请问我有什么损失么？好比说我本来就是零蛋，现在依旧是零蛋；而你本来是身价过亿，一夜之间因为众叛亲离而变零蛋了，你说我们两个谁有资格傲慢？"

　　田老师的一番话，说得魏击同学理屈词穷、无地自容，只得向老师赔不是。以后魏击同学治理魏国二十多年，很好地继承并发展了魏国的霸业，相信也是得益于当年田老师的教诲吧。

　　关于魏文侯和他的高管（老师）们的故事，到这里就大致讲完了，虽然我自己觉得还有不少没讲，但其实也已经很啰嗦了。希望通过这些故事，能够引发大家对历史的兴趣，也能够了解到故事背后那些人心和自然的规律，带给大家一些启发和思考，如此，你就会发现，历史，其实很好玩，也很深刻。

第三章

北川杂谈

当苏格拉底遇到孔子

这段时间，连续有两位朋友发了同一篇文章给我看，是一篇关于苏格拉底和孔子的教学方式区别的文章，朋友们说想听听我对这篇文章的看法。我看了以后，觉得如果仅仅是对于两位前贤不同的教学方式的比较，那可能还不见得能引起大家的关注。关键在于，文章从苏格拉底和孔子的不同教学方式谈起，讲到了中国传统教育的诸多弊端，而我的朋友中，很多都对中国文化很有兴趣，对中国传统的教育也很有信心，现在被严重否定了一下，大家心里自然就有点不安了。

其实关于中国传统的教育，以及中国现在的教育，和西方的一些比较，我一直都在做一些思考，所以呢，也想趁着这个机会，把自己思考的一些内容，和大家做个分享。不能说这就是一定正确的，但至少是我自己思考观察的结果，供大家参考吧。

文章略显冗长，不好意思给大家添麻烦了。不过我觉得看完这篇文章，应该只是添麻烦而已，却不是在浪费大家的时间。

先说说那篇文章。文章的主要观点也很简单：苏格拉底对于学生，是不断地提问，引发学生的独立思考，并且不断推翻、超越前人已有的观点，形成自己的见解；而孔子，则是只给学生提供某种结论，却不提供思辨的过程，没有给学生思考的空间。后世的一代代学生就只是背诵孔子的教言，从未有过什么超越。文章认为，前者是激发学生，而后者则是固化学生。而西方和中国的教育传统，也就在这两位先贤时期，由这两位先贤的教学方式，就已经定下了基调。

文章还进一步提出，当今时代，还有很多人提倡要读诵传统经典，崇拜孔孟，这是扼杀学生的好奇天性、独立思考能力和想象力、创新力，是在扼杀天才，等等。

简言之，西方的教育传统，培养出来的人，都是具有独立思考能力，有勇气质疑甚至推翻前辈观点，不断走出属于自己的创新之路。而中国的教育传统，则每一代都培养出了没有独立思考和创新能力，僵化呆板，墨守成规，只知道遵循古制的人。

几年前，苹果公司的乔布斯去世时，曾经在国内引发的一场讨论：我们为什么培养不出乔布斯这种人？不少人就直指国内教育的弊端，认为我们的教育都是在固化学生，让大家变成一个个只会听话、不会思考的人，那当然不可能出像乔布斯这样的创新天才。就算有孩子具备乔布斯的潜质，也被我们的教育扼杀掉了。

从表面上看，的确是如此。我自2008年以后，有机缘在世界各地走走，至今则更多时间在欧洲安住，所见所闻，的确有这个类似的感觉：西方的学生，乃至西方人，在独立思考、质疑、创新等方面的能力，远远要强于中国学生和中国人。

说个发生在我自己身上的事情，大家可能更加会有感受。有一个英国朋友，曾经在一段时间里给我们几个中国人讲授西方历史。几次课程以后，他问我们："你们觉得我讲得怎么样？"我们说，讲得很好啊。他又问："你们觉得有什么讲得不对的地方么？"我们几个面面相觑，都没说话。我当时就在想，有没有搞错？你是老师啊，你能有什么不对的？后来问了一下朋友们，他们都是类似的感受，觉得你是老师，你讲，我们听就好了，怎么会想到你还有不对的地方？即使离开学校这么多年了，我们还是保有着这样的习惯，很少会去质疑，甚至没有想过要去质疑。

相信不少朋友都会有类似的感受，相关的案例，可能也是非常多。那么，看到这里，你可能会问：那看起来你的观点和前文的作者一样咯？

不然。我只是根据自己的一些见闻和经历，觉得西式的教育的确有其优势，有对孩子成长积极的作用。但是，因此说中国传统的教育一无是处，甚至是扼杀了孩子，我并不这么看。

关于中国传统的教育，到底应该怎么看，要说清楚这个问题，有点小复杂，涉及中西方思想的比较。以下我尽量简明地来说明，希望对大家有所启发。

记得去年夏天我回国时，和一些大学同学吃了个饭。都是中医大毕业的，少不了要聊聊中医的话题。我记得当时Z同学说，西医的科研在不断前进，技术在不断发展，仪器也在不断更新，很多前人的观点都被推翻了；而反观《黄帝内经》，数千年来，一直被当作中医的《圣经》，后人只是不断去解释它，很少有人质疑，更没有在它的基础上有什么明显的创新和发展。如此下去，中医如何发展呢？

怎么样，思路是不是很熟？几乎和前文作者一样，即西方的东西，就是在不断被质疑、被推翻中发展前进的，越来越好；而中国的东西，就是抱残守缺，认为老祖宗传下来的就是金科玉律，应该遵守，不能有自己的什么想法，所以就越来越落后。

对于Z同学的观点，我当时并未发声，只是安静地听。但是，内心却有一个声音在问："创新和发展固然没错，但是，有没有什么东西，是不需要创新，也不需要发展的？甚至根本就是不能创新和发展的？"

这个问题，我相信很多人应该从来就没有想过，因为大家已经太习惯变化、发展、创新了。似乎世界上不应该有什么东西是不变的。但凡不变的，就是守旧、就是顽固，就是应该被批判和抛弃。

也许你会不服，运动是绝对的，一切都是在变化的，难道不是么？是的，一切都是变化的，但是，你有没有想过，"一切都是变化的"这条规律，似乎从来没有变化过呢？至少在已知的领域，在可以预见的未来，"一切都是变化的"是一种规律，是不会变的。所有的变化，都离不开这个不变的规律。

要了解中国的传统教育是怎么回事，你必须先了解变化和不变。在中国文化的语境中，变化的现象和事物，往往被称之为"术"，而这些变化后面，有不变的规律和本质，则被称之为"道"。而"道"，又被用来指永恒、不变、放之四海而皆准的真理，中国古人相信世界上有这样的东西，这是中国文化的一个特点，知道这点非常重要。

反过来，看西方文明的发展，我个人认为主要经历了三个阶段。首先是古希腊古罗马时代，然后是长达一千年，所谓"黑暗的中世纪"，再往后就是由文艺复兴、宗教改革、启蒙运动这三大重大历史事件引导进入近现代。而在这三个阶段中，除了中世纪的一千年，由于天主教会势力的强大，个人的思想和意志受到压制以外，其他的两个时期，都不认为世界上有什么必然的、永恒不变的真理，也不认为有所谓已经了达全部宇宙真相的"圣贤"，都是强调个人独立思考和探索的重要性，强调在知识探求的道路上，人人都是平等的，没人能说自己已经知道了全部。因此，也就有了亚里士多德这样能说出"我爱我的老师，但我更爱真理"的人物。

这样的一种观念，在古希腊时代就已经产生，经过中世纪一千年的压抑，到了文艺复兴时期，教会的力量开始变得越来越弱，古希腊时代的观念开始恢复。随着宗教改革和启蒙运动的进行，科技越来越进步，越来越多中世纪时期的观念被证实是错误荒谬的，也进一步引发了人们对于所谓"绝对真理"（即中国文化讲的"道"）的怀疑，进而相信现代科学，相信科技的进步和人类的发展是建立在不断质疑和创新的基础之上。

换言之，西方的文明，从根本上就不承认有"道"的存在，或者哪怕承认，也不认为有人已经完全了解了这个"道"。所有的人都在探求的道路上，而所谓的老师，只是比学生早几年接触到了现有的知识而已，并非是已经完全了解世界的"圣贤"，所以，老师的话，当然可以被质疑，被推翻，甚至就应该被质疑，被推翻，否则人类社会将无法进步。

而且，西方人的思维比较直观，往往以表面感官的直接体验来看待世界，并以此为基础来研究世界，所得到的，往往也是一时"正确"的结论。等到将来技术发展，仪器更新，能被感知的东西更多，则前人的结论往往会被推翻。

基于上述的种种原因，独立思考、质疑、推翻前人，当然会成为西方人教学的方式，无论老师和学生，都是这样认为的。

而中国古人呢？前面已经说过，我们的老祖宗相信有道，也相信世界上有人已经完全通达了宇宙间所有的道，这就是中国文化所说的"圣贤"。而所谓的学习，首先就是要跟随已经成为圣贤老师学那些不变的"道"，然后才是跟随其他专业领域的老师学习那些千变万化的"术"。

注意，本文不是要论证中国古人说的道和圣贤是否真的存在，我只是在告诉大家中国古人的一个重要观念，了解这个重要观念，对理解下面的文字非常有帮助。至于是否真的有"道"和悟道的"圣贤"，则不在本文的探讨范围内。

所以，中国古人也不否定有很多知识是随着时代的变化而变化的，也不否定这些知识需要进步，需要革新。但和西方的关键不同在于，中国古人认为除了有需要革新的术，还有不需要革新，甚至永远不会改变的道。这种道，需要跟随已经"悟道"的圣贤来学习，而对于圣贤所教导的道，不能质疑，不能创新，更不能推翻。

因为道是永恒不变的，又深奥难知，只有跟随已经悟道的圣贤，全盘接受，才能学会，才能自己也悟道成为圣贤。而后世的很多老师，虽然本人不是圣贤，但他所传授的，是历代圣贤所传，没有经过个人思想的改造，等于是圣贤本人亲自传授的，所以学生们也应该全盘接受，无须质疑和思考。或者说，哪怕有质疑和思考，也最终要回到老师的答案上来。老师的任务就是向学生们讲清楚道，并解答学生的问题，使学生消除疑惑，回归大道。这就是韩愈所说的，做老师的，要传道，要解惑。

这里注意，所有的解惑，是最终为了学生回归大道，而不是想出一个和大道不同的新东东，来推翻大道的。所以，从这个角度来说，中国学生也可以有质疑，有思考，但和无质疑、无思考没有什么区别。

而且，在中国人的观念中，道是比术更加重要的东西，本来这种观点也没什么错，但是凡夫俗子总是有倾向性，总是会出现极端，这种观念，慢慢就发展成了"只重视道，极端轻视术"，甚至把和术有关的知识都称之为"奇技淫巧"，可算是极为贬低了。所以，古代的科举，考的都是和道相关的知识和经典，而几乎从来没有考术的。民间长期重道轻术的观念，加之朝廷的科举也不考，和术相关的那些知识，在中国古代的地位就可想而知了。

搞明白这一点，就可以解释很多中国古代的一些看似奇怪的现象。比如，为什么医生的社会地位低下？因为医生虽然很重要，但医生的那些知识，是被列在"小术"的范畴里的，不是"大道"。所以不要问为什么古来都只是注解《黄帝内经》，而少有发挥创新，因为首先，绝大部分中国古代医生都认为，《黄帝内经》里讲了很多"大道"，至少是医学界的大道，这个道，是无须也不可以革新的；其次，整个医学界都是"小术"，好不容易《黄帝内经》至少还和"大道"沾点边，如果去革新，去质疑，去推翻，那岂不是连这点沾边也被自己糟践了，彻底沦为"小术"了？

又比如，为什么通达《易经》的占卜高手，羞于因为能掐会算而被朝廷征召，因为，那是"小术"。当然，《易经》本身包含大道，所以也被列为经典之一，但古来书生，读《易经》主要是为了体悟大道（当然你也可以说为了考公务员），并不在于成为半仙。当然了，顺便学学占卜也是可以的，但纯属玩票，玩玩的。比如清朝的大学士纪晓岚，也会算卦，考试前他老师（是教他四书五经的老师，不是马路上的半仙）给他算了一卦，他还指出了其中的误判，说出了自己的解释。最后考试结果和他自己算的一样，可见水平还行。但是，今天我们提起纪晓岚，只会记得他的文采，他的性情，他主编的《四库全书》，谁会记得他算的卦？恐怕连他自己都不想被人记住他会算卦。

讲完了中西方对于知识教学的看法，有了这些基本概念，现在可以来谈谈当今中国教育的问题了。

自1905年清政府废除科举以来，中国人在学校里学的就是现代知识了，那些以前被称之为术，不受重视的东西。而原先备受重视的道，反而在学校里没人教了。但是，数千年的习俗，导致我们还是很习惯那种"老师绝对正确，学生全盘接受"的教学方式，于是，在当今中国教育界，就出现了前文所说的现象：看上去我们的教育都是在固化学生，让大家变成一个个只会听话、不会思考的人。而中国学生的独立思考能力、创新能力，普遍低于西方欧美国家的学生。

导致这个现象的真正原因，绝不是中国传统的教学方式有问题，而是我们现在的教育模式，是在用传授道的方式，来教孩子们术的知识。

什么是传授道的方式？如前文所述，就是老师绝对正确，老师给出标准答案，学生无须甚至不能有自己的思想，接受老师的答案就好。因为道是永恒不变的真理，经由圣贤发现并一代代传承。你的老师虽然可能不是圣贤，但他的道是从古圣先贤那里继承下来的，所以你应该全盘接受，不能质疑，也不能自己发明创新，而要将之不走样地传给你的学生，如此周而复始。

本来，由于道的特点，这种传授方式并没有错。但是，现在学校里用这个方式来教术，那就出大毛病了！

我们前面说过，术，就是需要不断革新，不断推翻的。如果在学习术的时候，都不能去质疑、去独立思考，都要求千篇一律地接受标准答案，那如何使得？

可叹的是，当今中国教育，就是这样一种现状。由于数千年重视道的习俗，所以中国人还是很习惯"老师绝对正确，学生全盘接受"这种教学模式。但是，现在拿这种模式来学习需要独立思考、大胆质疑、不断推翻的知识，那就大错特错了。

简言之，当前中国教育的一大问题，就是用传授道的方式，来教孩子们术的知识。我们其实并没有意识到，原先为什么要坚持老师正确？那是在什么前提之下？而现在前提失去了，我们却依然沿用过去的方法，怎么可能培养出乔布斯呢？

而另一方面，质疑中国教育的这个问题，并认为是中国传统的教学方式有问题、中国的文化有问题，那也是因为不了解"道"和"术"的区别以及它们各自不同的教学方式所致。简言之，指责中国传统教育模式禁锢学生思想的人，其实并不了解中国的文化，并不知道那种教学方式，是有其前提的。

那，又该如何解决这个问题呢？其实也很简单，把道和术区分开来，用不同的方式来传授。

以上就是我对于当前中国教育问题的一些思考，观点很简单，解决方法也不复杂，一家之言，不一定正确，仅供大家参考，并且欢迎质疑和拍砖，因为我不是圣贤。

被扭曲的孝道

孝，可能是中国人最为熟知的一个概念，甚至可以算是中国传统文化的一个重要标杆。但是，孝，可能也是当代中国人最为陌生的概念之一。

孝，就像最熟悉的陌生人，我们真的了解他么？

一般来说，提及孝，大家总是认为就是要对父母好一点，比如给他们钱，为他们买保健品，换大房子给他们住，陪他们唠嗑，带他们去旅游，照顾他们上医院，在父母去世后伤心痛哭，厚葬诚祭，等等。如果一个人能做到上述这些，那么会被认为是一个孝子。

当然，一个人如果能发自真心，努力做到这些，我认为他的确是在孝方面做得很不错了。但是，是否可以算作全面地做到了孝，则不一定。要全面做到孝，首先要明白，到底什么是孝？孝的本质，究竟是什么？

《孝经·开宗明义章》中说："夫孝，始于事亲，中于事君，终于立身。"可见，在外在的表现形式上，孝至少有三个递进的阶段。少年及青年时代，在家好好地承事父母，尽量让父母得到物质和精神上的愉悦，这就是事亲；再大一些，走上工作岗位，好好地为国家、为社会、为所在的工作单位服务，这就是事君；在晚年时，无愧于一生所做，对家庭和社会都尽到了自己的责任，履行了自己的义务，这就是立身。如果一个人比较完整地经历了这三个阶段，并且都做得还不错，那基本可以算是在表面上，在外在形式上，做到了孝。

　　而要更深地探讨孝的本质，则可以参考《孝经·天子章》中所说："爱敬尽于事亲。"如何事亲？两个字：爱、敬。这里的爱不是私心占有，敬也不是表面的虚伪客套，而是发自内心的真实流露。

　　真正的爱，就是照顾他人的感受，甚至牺牲自己的利益去满足和成全他人；真正的敬，则是真正发现他人值得尊敬之处，并以礼相待。所以，事亲的表现，可以有千种万种，事亲的内涵，无非就是真正地关爱父母和真正地尊敬父母，这种关爱和尊重，很多时候需要牺牲自己的利益。

　　所以，孝的内涵其实是真正的关爱和尊重，而所谓"真正"的意思，就是很多时候要为了关爱他人和尊重他人而放弃自己的利益。所以从这个角度来说，孝的本质，其实是对自我的约束，对私心的削弱。一个人只有真正开始对自我进行约束，愿意来对自己的私心进行削弱，才算是从本质上开始"行孝"了。

　　由于中国传统文化的衰弱，传承命悬一线，所以导致当代大部分国人都不能全面深入地去理解孝。大家所理解的"孝"，仅仅是孝的表面形式中的第一阶段，即对父母好一点。连第二阶段的事君和第三阶段立身，大家都没有概念，更遑论"孝"的内涵和本质了。所以我说对当代中国人来说，孝，是最熟悉的陌生人。

既然孝的本质是私心的削弱，那么关于孝的另一个常见误会，就比较容易解释了。

依然是拜中国传统文化衰弱所赐，现今的国人对于孝有一个很深的误区，就是认为，那仅仅是孩子对父母的事情。孩子对父母需要孝，而父母本身，只要接受孩子的孝就好了，不需要对孩子做什么。殊不知，这是一个严重错误的观念。由这种错误观念导致的，在其他的一些人际关系，比如上下级、夫妻、师生，也产生了类似的错误观念，即，只是一方有责任和义务做什么，而另一方面似乎不用做什么，只要接受就好了。可是，我要说，这绝非中国传统文化的内涵，绝非古人的本意。

中国传统文化对于人际关系非常重视，认为在各类人际关系中，每个人都有自己的义务和责任，换言之，是对双方都有要求，而绝非仅仅对单方面有要求。就拿孝来说，一般人只知道孩子要孝顺父母，即"子孝"，可是，在子孝的前面，还有"父慈"二字，就很少有人提及了。对于父母和子女的关系，完整的表述应该是"父慈子孝"（《礼记·礼运》），即父母慈爱孩子在先，孩子孝顺父母在后。这是对父母和孩子双方都有要求的，而绝非单方面对孩子有要求，而且对父母的要求更是在先。更进一步来说，如果父母不慈在先，那孩子不孝，也不应该被指责。也许你会说，哪有对孩子不慈爱的父母？这里所说的慈爱，是个很大的范围，不仅仅是物质生活的照顾，还有精神的尊重、心灵的交流与沟通，等等。很多父母在物质上对孩子的照顾固然不错，但是在尊重孩子、对孩子的心灵的交流方面，则做得非常糟糕，还往往喜欢把自己的喜好和价值观强加给孩子。这些在我看来，都是属于"不慈"的范畴，广义的范畴。但是，人们往往更多关注"子孝"，而忽略甚至完全不知道还有"父慈"。所以你经常会听到有人指责身为孩子的人"不孝"，却几乎很少听到有身为父母的在广义层面，被指责为"不慈"的。

孩子们固然有可能不为父母考虑而只考虑自己，这就是所谓的"不孝"；但身为父母的，有没有把孩子当作自己的私产，仅仅以自己的意愿来要求甚至安排孩子，而不考虑孩子的感受呢？我相信这样的"不慈"有很多。如果说孝的本质是私心的削弱，那么慈的本质其实也是一样。所谓的父慈子孝，就是要求父母和孩子都要去克制自己的私欲，去削弱自己的私心，更多地站在对方的角度来考虑问题，这才是父母和子女能够和谐相处的终极秘籍，推广来说，也是一切人际关系能够和谐的终极秘籍。每个人都能克制自己的私欲，而去照顾他人，还会有什么矛盾是不可调和的呢？

但千百年来，大家过于要求子孝，而忽略了父慈。从本质上来说，这相当于在人际关系中，强迫一方必须克制私欲，却允许另一方借着对方的克制，而膨胀自己的私欲。由这种错误的观念，后世甚至出现了"君要臣死，臣不得不死；父要子亡，子不得不亡"这样的言论。试问，有天理么？这种言论当然不见于正式的经典，但民间能够流传这种俗语，可见对于"孝道"的理解有多么的不全面，误会有多么深。父子、君臣、夫妇、师生等重要的人际关系，就在这种误会中被扭曲了，成了一方可以膨胀私欲地对待另一方，而另一方却必须克制私欲地去承受。这种错误和扭曲的人际相处方式，甚至被当作某些准则而流传了下来，造成了无数的悲剧。

只要是头脑正常的人都会明白，不管是谁，只要他是处于上述的人际关系中被强迫要求克制私欲的一方，必定会有反抗的需求，哪怕是仅仅在内心。很不幸，这种强迫，以"孝道"作为一个标杆，已经影响了无数代国人。到了今天这个崇尚自由与个性的年代，这种强迫招致了有史以来最严厉的抵制、嘲讽、批判，中国传统文化在这种批判的浪潮中，前景实在堪忧。

而这一切，就是基于中国传统文化的衰弱，传承的几乎断绝，使得当今的人们不知道什么是中国传统文化真正的精髓和内涵，才会产生如此之多的偏见与误会。

读经教育之我见

近十年以来，国内的少儿读经教育非常热，难以计数的读经班、读经私塾纷纷出现，很多被体制内教育搞得憋屈、茫然甚至愤怒的家长们，似乎在暗无天日中看见了一丝光明，纷纷让自己的孩子开始读经，希望这种号称可以培养圣贤的教育方式，让自己的孩子成龙作凤。

对于体制内的教育，其弊病以及和西式教育的差异，我已经在《当苏格拉底遇到孔子》中叙述过。但就短期内来看，体制内的教育似乎无法改变到令人们比较满意的程度，这也是无奈的事情，因为这需要时间，还需要很多其他的因素一起来配合。

但是，孩子们却在一天天成长，他们可等不起。于是乎，一些无法忍受体制内教育弊病的家长们，开始自谋出路。对西式教育比较认同的家长们，会选择国际学校或是干脆移民；而对中国文化比较认同的家长们，会选择读经班或私塾。

因为我个人对中国传统文化比较感兴趣，也有不少这样的朋友，所以很多朋友也会来问我，把孩子送去读经班，好不好？如果要说句实话，我个人觉得，在目前的情况下，如果经济能力尚可，从某个角度来说，送孩子去读经班，还不如送孩子去国际学校，或者留学乃至移民，或者干脆就留在体制内的学校。因为那样做，你至少还可以得到一个比较正常的孩子。

正常的孩子？难道去读经班会不正常？有这么离谱么？

《新京报》刊登过一篇名为《读经少年圣贤梦碎：反体制教育的残酷试验》的文章，详细讲述了一些读经少年的亲身经历，以及他们本人及其父母对这样一种教育方式的反思。虽然我没有去核实过报道的内容是否真实，但我相信这些报道应该是真实的。这种相信，不是基于《新京报》是国内比较知名的媒体，而是我很清楚，在当前的传统文化教育界，的确存在着这些问题。

以下，就简单谈谈为什么我说读经班或读经私塾里的孩子会"不正常"。

从外在来说，就现行的政策来说，如果一个孩子完全脱离体制内的教育，不读小学，不读中学，只是在读经班和读经私塾里学习，那么他的外在身份就会和同龄孩子不一样。他既没有小学毕业身份，也没有中学毕业身份，也没有体制内教育机构的科目成绩，如果将来想进入体制内的更高等教育机构继续学习时，可能连资质都没有。从某个角度上来说，他就是个"黑户"。所以，除非家长完全不在乎这些身份，彻底不想让孩子今生和体制内教育沾一点点边，否则的话，光是这个身份的原因，就足以让家长们好好考虑一下。

而相比外在的不正常，孩子内在的不正常，则更是严重的问题。

当前读经班的教育，普遍存在着僵化、教条、盲目崇古复古、脱离社会现实等问题，长期在这样的环境下成长起来的孩子，不外乎两种结果。

一、变成一个完全不能适应现代社会、无法融入现代社会、不食人间烟火的"怪胎"。

二、一旦进入社会后，被压抑已久的人性弱点产生报复性反弹，彻底厌恶和中国传统经典乃至中国古代文化相关的一切事物，对现代社会的很多不良现象和观念完全没有抵抗力，各种负面的情绪、行为和生活习惯全然呈现。这样的孩子，从外在表现上看，还不如一个在体制内教育下出来的孩子。

相信家长们把孩子送入读经班时，就算不指望孩子成为圣贤，也绝对不会希望孩子变成"怪胎"或者那个著名故事里"喜欢老虎的小和尚"，而很可惜的是，当前绝大部分读经教育下的孩子，变成这两种人可能性非常之大。

那么，问题来了：为什么读经教育会有这样的问题？如果读传统经典会变成这样的人，那难道中国古代都是这样的人么？

对此我个人的看法是：经典本身并没有什么问题，但是，当前从事读经教育的人，甚至从事中国传统文化复兴和传播的人群，整体而言，素质不行。再说得直白一些：当前中国，绝大部分有志于或正在从事中国传统文化复兴和传播的人，都并不具备这样的能力。

换言之，老师的能力不行，自然教不出合格的通达中国传统文化的学生，更遑论教出圣贤。

　　清末时，朝廷重臣李鸿章曾经感叹，自己经历了三千年未有之变局。诚然，那时的中国，自周朝以来的文化、自秦朝以来的政体，都遭受了前所未有的冲击，社会精英们在一次次失败、屈辱中痛苦地反思，有着和李鸿章同样感慨的人，应该不在少数。在感慨之余，他们一定也在疑惑和茫然：我们的文化，真的不行么？我们真的应该全盘向西方学习么？

　　如果李中堂能活到一百多年后的今天，恐怕他的感慨会更深。今天这个时代，人类的科技发展到了一个前所未有的高度，几乎全世界所有的传统都在受到冲击，作为人类古老智慧之一的中国传统文化，自然也难逃这样的命运。今天，中国传统文化所受到的质疑和责难，远远超过历史上任何一个时期，包括清末。

　　在这样一个大的时代背景之下，在今天要复兴和弘扬中国传统文化，其所面临的挑战要比古代大得多。老师们不仅要真正通达中国传统文化的精髓，更要了解当今这个时代和西方文化、西式思维、现代科技。

　　而很可惜的是，当今在国内从事中国传统文化推广工作的老师们，真正能通达中国传统文化精髓的，非常之少。大部分的老师，根本没有系统深入地学习过中国传统文化，更不要说通达精髓。他们仅仅学了一个《弟子规》，仅仅知道了中国传统文化重视德行，讲究仁爱，就开始出来做老师了，其内在中国传统文化方面的涵养非常不足，被很多人讥讽为"传统文化就是吃素加鞠躬"，无法得到社会精英层的认同，各类反对和质疑这种教育的文章纷纷见诸媒体报章。

同时，绝大部分老师对于西方的东西也很不了解，乃至非常排斥。甚至有些老师因为认同中国传统文化，而对整个西方文化、思维、现代科技都嗤之以鼻，又畏其如洪水猛兽，完全禁止孩子们接触。试想，在这种指导思想下进行的教育，除了"怪胎"和"反弹"，还会有什么更好的结果么？恐怕不太容易。

我认为，在这个五千年未有的时代（比李中堂再加上两千年，相信他老人家也不会反对），有志于复兴和弘扬中国传统文化的人，需要在通达中国传统文化精髓和了解西方文明、现代科技的基础上，探索出一条能够既不违背圣贤本意，又能符合时代特点、现代人心理特点的全新教学之路，而这，需要时间。

要多久？也许五十年，也许一百年，我不知道。现在，国内距离读经运动、大规模推广中国传统文化的开始，才过去了十年左右的时间，大部分的老师们既不通古，又不识今，仅凭一腔热情，就急于开始办起各种学校各种班。几乎所有的读经班、私塾等推广传统文化的教育机构，基本都没有在这个时代弘扬中国传统文化的经验。好一点的机构，一点点在摸索；差的机构，则完全在类似井蛙的状态中瞎撞，却刚愎自用而不自知。他们名为推广圣贤教育，弘扬传统文化，实则是在让人对中国传统文化产生更大的误会、质疑和责难。

而最可怜的，就是孩子们，不明不白就做了永远的小白鼠，这才有了《新京报》中报道的种种情况。

长叹之。

那怎么办呢？

其实也没有什么巧妙的办法，只有笨办法。那就是：请真正通达中国传统文化精髓的老师，来培养传承中国传统文化的师资力量，在这个过程中，师资们要同时学习西方的文化、思维模式、现代科技等，并开始摸索中西方文化的结合之路。如果能坚持这样去做，假以时日，中国传统文化的复兴，才会真正有希望。

最后，有两个问题想说明一下：

有人可能会问：你说要五十年甚至一百年才有可能走完这条探索之路，那这一百年中，我们的孩子怎么办？

答：如果不认为自己的孩子只要学习中国传统文化，那这个问题自然就不存在了，直接在体制内或出国读书就好。而如果希望自己的孩子能学习中国传统文化的，我个人觉得，这探索之路完全被走出来之前，孩子可以考虑还是在体制内或国外读书，但同时家长给予一些中国传统文化方面的引导，利用一些课余时间、节假日，接受中国传统文化的教育，应该是一条比较折中的道路。

如果你坚持要让孩子接受那种全然的中国传统教育，那在现阶段，就要准备好孩子成为小白鼠。当然，这种牺牲对于大众来说也并非完全没有意义，这会成为探索之路上的一部分，无论成败，都会为后人提供很好的借鉴；只是对于家庭和孩子个人来说，也许是一种不可逆转的付出，就看你是否愿意了。

可能还会有人问（无论是善意的期待还是其他什么心态）："你说现在大部分国学老师都不合格，那你自己是否是一个合格的老师？"

答：我当然不合格。甚至我根本就没把自己定位为一个弘扬中国传统文化的老师，因为我自己完全不具备这个身份所需要的德行、学识、智慧，古人所说的"学为人师，行为世范"，我一个字也做不到。

我觉得，我做一个中国传统文化在这个时代复兴、弘扬过程中的观察者和思考者，应该比较合适。老师这个身份，则是万万不敢承担。

至于我现在为什么在有些时候，还担着一个"老师"的称呼，一方面是朋友们给我面子，另一方面，则是抱着做个守夜人的心态吧。这种心态，其实古已有之，比如下面这段：

"帝性不猜忌，与物无竞，登极之年已逾六十，每夕于宫中焚香祝天曰：'某胡人，因乱为众所推；愿天早生圣人，为生民主。'在位年谷屡丰，兵革罕用，校于五代，粗为小康。"——《资治通鉴卷二百七十八·后唐纪七》。

文中的"帝"，是五代时期的后唐明宗李嗣源。他是少数民族，又是文盲，觉得自己没有资格和能力坐中原皇帝这个位置，所以每天晚上都焚香祷告，说明自己是情不得已，暂时代管天下，其实并没有这个能力和资格，所以希望上天早日降下合格的人，来接替自己。

李嗣源的祈祷是否真心，我不知道；但是，我的心境却是真实的，这点我很确定。

匠人精神在中国

近年，有一种被称为"匠人精神"的概念，在国内突然热了起来，这个始于近邻日本，也见于欧盟火车头德国的词汇，开始在各种文章上频频出现。

在这股热潮中，大部分的观点对匠人精神持正面评价的态度，认为我们应该学习这种精神，把这种认真、负责、专注、把产品做到极致的精神，落实到我们的工作中去。如果能够做到，那么粗制滥造、偷工减料、假冒伪劣的产品就会绝迹。故此，很多人号召国人要学习匠人精神，乃至相关的推广活动也即将或已经在国内开始进行了。

这几年由于各种因缘的聚合，我有比较多的机会，经常去日本。在我们这个邻居的家里，亲眼看见各种精致、用心，看到了日本人极力追求完美的各种努力。我还有幸拜会了《匠人精神》一书的作者秋山利辉先生，并参观了他的公司，看到了"匠人精神"的真实呈现。

这么多见闻下来，我的感觉是：匠人精神真的很好，可是，大部分中国人学不来。在中国想要大规模推广匠人精神，也不太可能会有什么好成效的。

当然了，这年头，说什么话都要有证据，下面，我就来简单谈谈我的理由。

不过，在说明理由之前，我们先要来阐明一个问题，那就是：到底什么是匠人精神？

有些人说，匠人精神，就是专注、认真、负责，愿意花时间去把一样东西做到极致。

但是我不这么看。我觉得，上述的这些只是匠人精神的外在呈现，而不是其内在实质。如果说匠人精神就是上面讲的那些，那难道在中国没有人做事认真负责么？没人专心做一个产品么？当然有。但是，为什么我们还是认为中国缺乏匠人精神？

匠人精神的内在实质，在我看来，是对自己所从事的职业，对自己的身份，乃至对自己的人生定位，有着非常清晰和高度的认同。这种内在的认同感，是引发种种外在呈现的根基。如果没有这样的内在根基，仅仅是外在的认真、负责，把产品做好，这些并不能算是真正的匠人精神。

有了这样的定义后，我们再来看，为什么我认为在中国，没有匠人精神的土壤。

首先，秦统一中国以后的社会制度，导致了国人越来越缺乏固定的职业认同感。

秦朝统一中国之前，中国的政治制度，长期实行的是分封制。即，天子把全天下的土地分封给各个大小贵族，使之建立诸侯国；而在诸侯国内，各国的国君再把土地分给自己的卿大夫，这些卿大夫，都是大家族；而在卿大夫的家内，还可以继续把属于自己的土地再往下分给自己的家臣。整个社会结构，由低到高，依次是个人、家、国、天下。

这种制度的最大一个特点，可以用"世卿世禄"来描述，再讲得简单些，就是"世袭"。

在家、国、天下的层面，官职和爵位是世袭的；而在民间，各种职业，也往往是父子相传、家族世代沿袭的。在全社会的这种文化环境和风俗之下，人们生而就会对自己的职业有强烈的认同感。说得直白些，在世袭的制度和文化习俗之下，一个人长大后会干神马，几乎就是在他出生在哪一家时就已经决定了。这样的制度和文化习俗，会使人们对自己所从事的工作，有一种天然的认同感（其实不认同也没有用，你也没有其他选择），进而长期专精于自己家族所从事和传承的工作，这，就是匠人精神重要的一个前提保证。

而秦统一中国后，在政治制度上废除了分封制，转而实行郡县制，官位不再世袭（甚至逐渐发展到连爵位也不能世袭很多代），再经由两汉的举孝廉制，魏晋时期的九品中正制，到隋唐，科举制度彻底建立，从此，即使是社会底层人士，也有机会跻身上流社会，家族出身变得越来越不重要，而个人的才华和努力变得更为重要。在这样的社会大背景下，人们不再安于自己的出身，也不再安于家族曾经的职业，而是有了更多的想法，职业的认同感越来越低，人们在思想上，越来越不安分了（此处的不安分，无贬义）。而专注，正是匠人精神非常重要的一部分，如果思想上已经不再安分，不能专注，那如何能有匠人精神？

反观日本，直至明治维新之前，都有着浓厚的分封制痕迹，家、国、天下的结构依然非常明显，"世袭"这个概念，相对于中国人来说，要根深蒂固得多了。今天的日本虽然已经不是分封制，但家族的概念依然明显而强烈，"某某家"，是你可以在日本经常看见的字眼，这正是匠人精神的重要文化土壤。

同理，在长期实行分封制的欧洲，匠人精神也时被谈及，尤其是在德国。而同为西方发达国家，在美国，几乎就没有听说有什么匠人精神。这不是说美国人做事不认真，美国人的产品没有品质，而是在美国这样的国家，那样的文化背景下，世袭、固守祖上传承下来的职业等意识是非常淡薄的，所以也就没有匠人精神重要的文化土壤。

综上所述，秦朝以后的社会制度，导致人们在人生规划、职业规划方面有了更多的选择和可能性，所以人们对自己的职业认同感大幅降低，这是中国缺乏匠人精神土壤的第一个重要原因。

其次，在中国，由于长期重道轻术的思想，导致匠人们没有社会地位。

中国古来重道轻术的思想，我在另一篇关于中西方教育对比的文章中已经讲得比较清楚了，有兴趣者可以去看那篇文章。在这种思想之下，工匠、手工业者，甚至连医生都被认为，所从事的都是属于"术"的范畴的工作，是没有社会地位的，也是不被人尊重的。

至宋代，汪洙的一句"万般皆下品，惟有读书高"，更是直接奠定了中国人之后将近千年的价值观，直至今天。此处且不论读书为何高，是要靠读书去做官发财，还是要靠读书去明理修身。总之，读书就是高了，其他一切职业，和读书相比，都是不入流的。

试想，今天的家长们，但凡有可能，哪个不愿意自己的孩子去读高中，进而读大学？虽然即使从未来谋生赚钱的角度来说，在中国读大学也不是一个很好的选择，更遑论学术和思想。但是，毕竟读了大学以后，至少会有一个"大学生"的名分，这才是我们所看重的。在这样的价值观之下，有多少家长会心甘情愿让自己的孩子去读职高或者在中学毕业后直接进入社会参加工作？恐怕不多。

而在日本和德国则不然。先说德国，大概有三分之二左右的学生，是不读大学的，而是进入类似职业高中之类的学校，未来会成为一名蓝领技术工人。而这样的蓝领，在社会地位、工资待遇等各方面，绝对不比他们读大学的同学来得差，甚至很多时候是更好。可见在德国，技术工人是受到尊重的，是有良好的社会地位和物质待遇的。

日本更是如此。秋山利辉先生的公司，所招收的学徒，都是高中毕业生，有些好像还是高中没读完，或者是读了一两年大学，又退学的。这在中国是匪夷所思的事情。高中毕业以后，不去读大学，跑去学木匠？这个，未免也太那个了吧？

但是，在日本人心里，木匠可不是什么不入流的职业。如果能成为一名优秀的木匠，那是非常荣耀的事情。在一部日本某电视台所拍摄的秋山木工的纪录片中，记录了两名学徒在学习四年以后出师，公司为她们举行了专门的仪式。在这个仪式上，秋山利辉先生亲手给她们发了印有"匠人"二字的衣服，正式承认她们成为可以独立作业的匠人，孩子们的亲友都来参加，整个场景感人而庄重。这在我们中国人看来，可能也是很搞笑的事情：不就是学个木匠出师了嘛，至于这么正式么？

在日本，谁要是通过考试成为职业围棋手，那就可以被称为"先生"，哪怕只是一个十几岁的少年。"先生"这个词，是日语中的一个敬辞，不是随便可以称呼的，可见日本人对职业棋手的尊重。日本职业棋手的待遇也非常优厚，对局费、奖金等都非常可观，比很多国际大赛都要高。所以很多日本棋手都不愿意把过多的精力花在国际赛事上，而宁可在国内比赛上多出场，因为那样收益更多。而在中国，职业棋手是没有这样的社会地位和物质待遇的。少数优秀的棋手也许在收入方面还不错，但讲到社会地位，那是远远不如日本棋手的。

这就是文化的差异。在日本人看来，职业木匠和职业棋手，都是很不容易的，都是专业人士，他们有一般人不会的专业技能，受到尊崇，是理所当然的事情；而在中国，这就是一个木匠和一个下棋的，充其量就是会一门手艺，能混口饭吃而已，哪还能有什么社会地位？

可以这么说，当代中国，大部分人可能很享受由匠人精神带来的结果，即优质的产品和服务。但是，要说让中国人自己去成为匠人，恐怕很多人还不是愿不愿意的问题，大家可能根本就没这个概念。匠人？匠人是什么人？我们可是只知道"人上人"。吃得苦中苦，方为人上人嘛。而匠人，在中国，至少不是人上人，甚至很多时候是"人下人"，谁愿意去做人下人？

如果在一个社会，匠人们都是没有社会地位的，都是不受重视的，甚至物质待遇也是不太好的，那会有多少人愿意成为匠人呢？如果连愿意成为匠人的人都不太多，何谈什么匠人精神呢？

再次，中国人尚简、灵活的性格特征，很难成为匠人。

说起日本人和德国人，似乎共同的地方就是严谨、刻板。有人曾经开玩笑说，难怪他们在二战中都输了，因为打仗是需要很灵活的，所谓"用兵之妙，存乎一心"，他们都太死板了，不输才怪。

所谓的匠人精神，就是需要不怕繁琐、苛求细节、精益求精，这似乎天然地和中国人的性格特点不符。当然，此处是讲大部分中国人，不排除有些个别的国人也是非常较真的。

我们的文化崇尚一种简洁、缥缈、模糊、不确定，强调要用心去悟，用主观去体验，而非死板严苛的客观标准。关于这一点，看看我们写意的国画和写实的西方画；再看看我们做饭时"盐若干、糖少许、炒至微焦"等口诀，而西式快餐店炸薯条的"油中炸30秒，出勺时沥三下"等规定；再看看中医搭脉望舌时强调医生个人主观的感受，而西医诊断时化验单上一连串直接清晰的客观数据，你就不难体会了。

到此就不用再多说什么了。大家觉得，我们的民族性格和文化特点，能有匠人精神么？

上述三点，就是我个人觉得在中国，不太可能出现大规模匠人精神弘传的理由。当然，这也只是一家之言，不见得对，诸位见仁见智就好。

说了这么多，并不是我反对匠人精神，我只是想说，匠人精神挺好的，但在中国要全面推广，有困难，甚至不可能。当然，不排除在小范围内，在具体的一个人或一件产品上，还是会有匠人精神的呈现，但不太可能变成我们中国人自己的一种精神和文化。

匠人精神那些优秀的呈现，我们还是需要学习的，同时更重要的，我想还是要尽可能改变我们"重道轻术"的价值观。在这样一个全球化的时代，道和术的兼容，才是大势所趋吧。

再进一步，我觉得当代的国人，需要对自己的人生定位进行深刻地反思，在一片盲从、功利、浮躁之中，何妨让自己做一个坐在路边为冠军鼓掌的人？谁说那样的人，就是不快乐的失败者？

世界这么大，你看得完么？

好像从前几年开始，一个五百年前的人在国内突然就火了，此人就是在《明朝那些事儿》里被赞为"明朝第一猛人"的王阳明先生。

要说阳明先生，本来的确是大名鼎鼎，被誉为从孔子开始，儒门里"两个半圣人"中的一个。不过在此之前，这位具备"真三不朽"的阳明先生，在大多数国人那里应该是默默无闻的。我敢说，当时隔壁老王的名声，肯定要大过他这个五百年前的同宗。

不管怎么样，反正现在阳明先生是火了。不过我觉得应该是虚火的成分居多，为啥这样说呢？因为就在前几天，我的老师告诉我，一套阳明先生的全集，居然卖到八十大洋，我当时就凌乱了：满世界都是王阳明的事迹和介绍，微信里都在谈"致良知""知行合一"，似乎掀起了全民学阳明的热潮，但是一套全集却只要八十（注意，是人民币，不是美元），如果不是虚火的话，那只能说是出版商知道现在大家都不宽裕，教材不能太贵，否则没法应景了。

在一片阴虚火旺中，有朋友让我也说说"阳明心学"。我说那不行，这个东西太高冷了，不是我这种俗咖能碰的。不过呢，因为阳明先生，我倒是想起了八百年前的另一位古人，南宋著名的大咖：朱熹。

近年有句话很流行：世界那么大，我想去看看。大家都以为这是最近才出来的网络流行语，其实，早在八百年前，朱熹朱夫子就知道世界很大，而且很鼓励大家去看世界了。

朱夫子有一个非常有名的观点：世界那么大，你们应该把它全部整明白了，这是做学问的第一步，也是修身的第一步。如果整不明白这个世界万物的道理，那就使劲整吧。这个观点，就是朱熹对于《大学》里"格物"一词的解释："格，至也。物，犹事也。穷推至事物之理，欲其极处无不到也。"而这个格物，是大学"八目"中的第一项，所谓"格物、致知、诚意、正心、修身、齐家、治国、平天下"，如果第一步没整好，那后面的修齐治平，也就没戏了，所以，虽然世界这么大，但也要先把这个世界弄明白了，这点很重要。

朱熹是南宋人，但他的学术观点，在他生前还是有很多争议的，甚至有一度被认为是歪理邪说。但是朱熹去世后，他的观点渐渐成为主流，到了元朝中叶，朱熹注解的《四书》，已经成了朝廷用于科举应试的教材了。到了明朝，朱熹的名声已经很大了，朱元璋都差点想认朱熹做祖宗，以显示自己根正苗红，不是要饭的出身。最后虽然没好意思认祖宗，但是朱元璋却决定让朱熹的学术观点成为在科举考试中，官方指定的唯一正确的观点，所有读书人都要学习朱熹对于儒家经典的解释，那才是标准答案。两百多年后，清承明制，把考试的题库也继承下来了，这一来又是两百多年。所以明清两朝五百多年，读书人学的都是朱熹编撰的教材，背的都是朱熹解释儒经的答案。

作为明朝的读书人，王阳明自然也不例外，从小是读着朱夫子编撰的教材长大的，一度也对朱老前辈非常虔诚，不遗余力地学习并实践朱夫子的谆谆教诲。既然朱老说"格物"就是要把世界整明白，这是做学问的基础，那就好好格呗。

于是，王阳明对着自家院子里的竹子，就开始"格"了，发誓要整明白这个竹子到底是咋回事。这一整，就是七天。结果呢，没把竹子整明白，倒把自己给整出毛病来了。在病中，王阳明对朱老前辈的观点产生了极大的怀疑，从此走上了另一条完全不同的道路，阳明心学的肇基，可以说就是从这场病开始的。

那么，在这场使劲整出来的毛病中，阳明先生到底怀疑了什么？之后又领悟了什么？王阳明和朱熹对于"格物"解释的差别到底是什么？很多年以后，阳明先生的一位高足，徐爱徐曰仁，对此做了言简意赅的说明。

"曰仁云：心犹镜也，圣人心如明镜，常人心如昏镜。近世'格物'之说，如以镜照物，照上用功，不知镜尚昏在，何能照？先生之'格物'，如磨镜而使之明，磨上用功，明了后亦未尝废照。"——《传习录·上卷》。

古文看着晕，我们来白话的。但是也不逐句解释，跳出来讲意思，大家比较容易明白。

徐爱在这里打了个比方，说一面干净的镜子，一面蒙灰甚至还没有怎么磨过的镜子，你说哪个更能把东西照清楚？当然是前者。那如果后者也想把东西照清楚，是应该努力去照东西，还是应该先把自己擦干净、打磨得铮亮了？当然是不能先去照，灰蒙蒙的，照也白照，应该先把自己整干净了，才能清晰地照见万物。

如果你不明白这个比喻，那我换个马甲来说。比如雾霾天，你再怎么努力睁大眼看东西，总是朦朦胧胧的看不清；如果冷风把雾霾都吹走了，晴空万里的，那不需要太用力，一眼扫过去，很多东西就清晰地看见了。当然了，近视眼请先戴上自己的眼镜。

徐爱接着说，人的心，也像镜子一样。圣人是明亮的镜子，普通人是昏昧的镜子。朱熹对于"格物"的解释，就是要人努力去研究万事万物的道理，就好像要人心这面镜子去把万物照清楚。但是，如果人心上还附着很多东西，就像镜子上还有很多灰，那又怎么能照清楚万物呢？而阳明先生则不然，不在照上下功夫，而是在擦镜子、打磨镜子上下功夫。等到镜子都搞干净了，明亮了，那就自然能照清楚东西了。所以阳明先生对于"格物"的解释，则在于要去除内心的很多附着物，使自心的光明得以显露，然后再去研究万物，自然清晰。

人心上，附着什么东西呢？血管？神经？脂肪？阳明先生又不是学医的，不可能去搞人体解剖，他所说的去除人心的附着物，用现在的话来说，就是去除内心的负能量，各种负面的情绪，各种人性的缺陷，让内心变得更加清明、宁静，这样一来，思考和观察的能力，都会大大提升，对世界万物的了达，也会更加清晰透彻。

想想也是，如果按照朱熹的说法，先要把万事万物都搞明白了，以此作为修齐治平的起始阶段，明显不合逻辑。

首先，世界那么大，你看得完么？不要说把世上的万事万物都研究透，就你家里那些瓶瓶罐罐，一辈子能研究清楚就不错了。如果真要那样的话，什么修齐治平的事情，都不用干了，一辈子在家守着那些小瓶做实验好了。

其次，如果真要把世界万物都研究清楚才能"诚意正心"，乃至"修齐治平"，那文盲怎么办？人家没读过书，不识字，就不能端正自己的内心了么？就不能成为一个真诚的人么？甚至，就不能开创一番事业了么？十六国时期的后赵开国皇帝石勒、五代时期后唐明宗李嗣源，都是文盲，却也不妨碍他们成为一时之英杰，治国理政，也相当有水平。当然，文盲只是个极端的例子，有些人纵然不是文盲，知识水平也不够把万事万物都研究透的，但在这些人中，诚意正心，乃至修齐治平的，不在少数。

说来说去，就是想说，所谓"格物"，就是要面对自己的内心，去除种种毛病，战胜人性的缺陷，而不是向外去研究世界。

阳明心学现在很热，但似乎很少有人知道其精髓和下手处。其实，这些都在阳明先生的"四句教"中。而四句之中，前三句太过高深，非我等凡俗可及，至少暂时不及。但最后一句，"为善去恶是格物"，确是整个心学真正下手之处，要先把镜子擦得锃亮，明光呈现，才能真正照彻万物。若无此基础，所谓"致良知"，空谈而已。

谈格物，其实压力很大，因为我是个十足的小人，缺点太多，罪孽深重。这样一个人，堂而皇之谈格物，压力之余，还有搞笑的感觉。不过呢，我对于心地光明还是很向往的，所以也希望借着这篇小文，与大家共勉。

王道归来 —— 人机大战第二季观后感

2017年5月27日，该年度围棋界最隆重的盛事，第二季人机大战在历时五天之后，于中国小城乌镇落下帷幕。本次比赛的主体部分是中国棋手柯洁九段，对阵围棋人工智能AlphaGo的三番棋，最后结果不出人们赛前的预估，AlphaGo以3：0的比分获胜，再次取得了对人类棋手的胜利，也完全确立了对人类棋手的上手地位。AlphaGo也因为其强大的棋力和对围棋的独到理解，被称为"最接近围棋上帝的狗"，又称"一只独孤求败的狗"，简称"孤狗"。

按照围棋界现行的等级分制，中国棋手柯洁九段的等级分不仅是中国第一，在全世界职业棋手的排名中，也是第一，所以柯洁九段可以算是当今围棋界的世界第一人。而AlphaGo，则是在2016年对阵韩国棋手李世石九段的基础上，更加进化和进阶的版本，俗称"狗狗的2.0版"，也是当前围棋AI中的最强者，故此，这场人机大战，堪称当今人类围棋的最强者，挑战围棋AI的最强者，如此的巅峰对决，当然吸引了全世界围棋爱好者的目光，也吸引了所有关心人工智能的人们的目光。

　　由于2016年AlphaGo以4：1的大比分战胜李世石，加之2017年初，它化名Master在网上以60：0的成绩大肆碾压中日韩当今所有的一流高手，所以这次人机大战的胜负结果，几乎毫无悬念，最终柯洁连输三局，也是在所有人（包括他自己）的预料之中。相比于最后的比分，人们可能更加关心的是，柯洁九段能否下出人类围棋最强的一手？而AlphaGo，又已经强大到了何种地步？最接近围棋上帝的"神之一手"，又到底是怎么样的？

　　带着同样的心情，我也大致关心了一下比赛进程，看完以后，感慨万千，不由得写下一些文字，和大家分享一下我的感受。

　　首先，我必须承认，在2016年人机大战时，我还是带着一种居高临下乃至敌对的眼光来看待人工智能的。一方面固然是因为我是人类，另一方面则是我在内心深处觉得，围棋作为人类发明的智力游戏的最后堡垒，不应该被AI攻破。而在当时的我看来，AI也远远没有强大到可以在围棋盘上和人类最强棋手分庭抗礼的程度。所以，我很清晰地记得自己当时的心态：一开始是对狗狗的轻松和不屑；李世石连输三盘之后，则是茫然中有些不服；李世石扳回一局后，又觉得人类还是有希望；最后大比分落败后，内心中更多的是不甘。

　　所以，在2016年的两篇评论文章中，我就是带着这样的心情和笔调去写，有兴趣的朋友可以再去看看。而2017年，我的心情则完全不同，我对AlphaGo再也没有不屑和不服，转而产生恭敬之心（详细原因见下文），而对于柯洁，虽然这次几乎是完败，但也绝对值得尊重。故此，在下文中，我将以"大师"（即Master）来称呼AI，而以"柯九段"来称呼柯洁，用避开两位棋手名讳的方式，来表达我的恭敬和尊重之心。

看2017年以来大师和人类的对局，包括年初的六十局和这次的五局，我有一个强烈的感受：这是王道围棋，这是围棋本来的样子。我之所以对大师产生恭敬，就是因为，它下出了王道围棋，它所带来的影响力，也许能够把人们从长期以来一直崇尚的"霸道围棋"甚至是"暴力围棋"的错误道路中引导出来，还原围棋真正的本色。进一步，能够在整个文化层面，引发人们的反思，开始明白"王道"的威力，乃至摒弃"霸道"和"暴力"。

简言之，在我看来，大师高举着王道的大旗，所向披靡，迫使傲慢的人类进行反省，认识到"霸道"和"暴力"的粗鄙，这就是我称呼它为"大师"的原因。

比如，大师的棋大局观极强，极为重视整体，总是力图把棋盘上所有的棋子都关联起来，几乎通盘没有废子，而相比之下，人类棋手往往会拘泥于局部，失去对整体的把握。

又比如，大师的棋极为重视中腹，2016年对李九段的第二局，一招五路肩冲技惊四座，人类高手一开始以为是大师的昏着，但慢慢发现居然是妙不可言的一手，我想这会让多少人类高手开始重新审视古人所传下的"高者在腹"的棋谚。每当看到大师利用外势高屋建瓴、制霸中原之时，恐怕很多人类棋手就会去反省自己经常捞边角料的行为。

再如，大师的棋非常重视厚味，也非常善于运用自己厚实的棋形，去后发制人。很多人类棋手和大师下棋时，一开始实地抢了很多，但也让大师的全盘变得极厚。此时，人类棋手的噩梦就开始了，大师全盘的厚味，会慢慢让人类棋手前面累积起来的实地优势逐渐消失，乃至最终失败。

　　还有，大师还有一个非常明显的特点，这就是，当它确定必胜之时，就会大幅度地退让，以最安全的方式去运行棋局，顺利导向终点，这一特点在此次乌镇大战的第一局特别明显。当时柯九段前半盘落后极多，后半盘奋力追赶，大师则是处处退让。看着棋盘上的差距渐渐缩小，似乎柯九段颇有胜机，但是，此时人类高手们，包括柯九段本人，都非常清楚：半目之差，无法挽回了，这是大师退让的底线。它是会不断退让，但绝对不会让你追回这半目，你和它的差距，不多不少，始终是半目，但就是这半目，足够赢你了。这种恐怖的掌控能力，让人类无可奈何。最终，大师以半目，这个围棋比赛中最小的优势赢下了首局，而柯九段赛后也坦言"根本没机会"。

　　而在26日相谈棋中，五位曾经获得过世界冠军的中国少壮派棋手组团，联手对抗大师，大师又一次展现了其稳健的风格。当时的棋局也是大师在大幅领先的情况下开始退让，但始终保持着两三目的优势。此时，五人团中有人说我们下一招过分的棋，看看大师会如何应对？结果此招一出，大师在明明可以反击的情况下（因为人类的这一手棋本来就是过分的），却没有反击，而是淡定地自己补了一手，以此表示自己已经赢定了。看见大师自补一手，五位世界冠军顿时失笑，随即就认输了。冠军们的笑容是自嘲、无奈和因恶作剧成功而产生少许快意的混合产物，也为我们留下了弥足珍贵、足以流传后世的经典瞬间。

我想，大师的这种表现，不就是围棋十诀的第一诀"不得贪胜"的最好写照么？相比之下，现代的所谓"暴力围棋十诀"，弱爆了。

讲了大师的这些风格，懂得围棋的朋友会知道，大师的重视中腹、重视整体、重视厚味、不贪而胜，这些都是古来的明训，是"王道围棋"的具体表现，但却是现代棋手忽略甚至不屑的地方。现代棋手往往重视力量，重视混战，重视实地，追求利益最大化，具体的大家去看看"暴力围棋十诀"，就会明白。这种霸道、暴力的下法看似可以提高胜率，但在大师的王道面前，却不堪一击，绝大部分棋手在大师面前往往不到百招，就已经完全落在下风，败局已定，即使强如柯九段，这次三番棋的首尾两局，也是如此。

顺便说一下，第二局柯九段发挥极为出色，前半盘不落下风，这在人类棋手中已经是独一无二的表现了，但最后依然不敌大师在复杂局面下的简明王道，导致功败垂成。不过，柯九段依然以这一局的出色表现，赢得了人们普遍的赞誉。而整个比赛结束后，柯九段一改往日有些狂傲的讲话风格，说自己和大师对局，才发现自己需要提升的地方太多，对于围棋的理解只有2%，等等，出色的表现加之谦恭的态度，也是我对柯九段报以尊重的原因，虽然之前不太喜欢他的轻狂。

可能有些朋友会说，就是因为大师是计算机，所以它的计算能力远远超过人类，你前面讲的这些，其实也不是大师自己的感觉，而是它在天文数字的招法中找到的胜率最高的下法而已，这纯粹就是数学和计算，和文化、王道，扯得上么？

呵呵，前面讲这么多，就是要等朋友们的这一句，下面，才是我真正想说的。

大家有没有想过，为什么经过天文数字的计算和比较，大师所得出胜率最高的那些下法，恰恰是我们古人（中国古人）所提出的那些围棋理念？由此，我能不能说，中国古人在尚未出现现代文明之前，尚未拥有如此强大计算能力之前，就已经把握住了，至少是接近了围棋的真谛？如果是这样，那中国的古人，是不是很强？比大师还要强！因为大师靠强大的计算能力，要靠上千台CPU，要靠乌镇供电局，而我们的老祖宗，啥也没有，只有一颗头脑，一颗心。

那么，他们是怎么做到的？

其实对于熟悉中国文化的人来说，答案也很简单：这就是对于"道"的把握。

道，是中国文化中特有的概念，它无形无相，非人格化，却遍一切处。它适用于一切领域，它在一切领域中呈现，顺应它，则会受益；违逆它，则会受害。中国的文化，根本而言，就是道的文化，中国古人在各个领域去做事，无非就是在这个领域中去实践道，体悟道。而各个领域虽然具体的技术不一样，但背后的道，却是共同的，从这个角度说，会下棋，就应该会打仗；而会打仗，就应该会治国；而会治国，就应该会做煎饼果子。

古人虽然没有大师的计算能力，却因为对于道的把握，而总结出了上述这些王道围棋的理念，数千年后的今天，被大师证明了。

进入科技时代以来，人们越来越沉溺于术，而忽略甚至开始鄙视道，进而开始鄙视自己祖先所传承的文化。但是，大师的出现，让我们赫然发现：原来，棋是有道的。遵循道去下棋，才是最接近"神之一手"的棋。

行文至此，我不禁想起一位"古人"，他就是吴清源先生。作为自本因坊秀策去世以后，近两百年来围棋界最强大的棋手，吴老的江湖地位是无人可以置疑的。他晚年提出"21世纪围棋"的理念，当时很多职业棋手内心应该是不屑的，仅仅是出于对前辈的尊重，大家嘴上不说而已。但是，到了今天，我们居然发现，吴老的很多理念和招法，大师都在使用，可能很多棋手在重新审视吴老的理念时，会觉得脸上火辣辣。

2014年11月30日，吴清源先生在日本小田原城溘然长逝，享年百岁有余。吴老去世后近一年，2015年10月，大师横空出世，首战5：0大胜中国旅欧棋手樊麾二段。又过了半年，2016年3月9日，大师开始和韩国顶尖棋手李世石九段进行五番对局，最终以4:1获胜。再过一年多，2017年5月末，大师再次零封人类最强棋手柯九段。

看着这一组数据，我不禁感慨造化的弄人。吴老一生都在致力追求围棋的真谛，却和大师如此缘悭一面。如果吴老能多在世三年，能看到大师的棋，不知道会做如何评价？或许，只有在吴老离世之后，大师才会出世，难道，这就是传说中的轮回转世？

相信大师的出现，已经让人们充分感觉到应该重新审视自己的围棋理念，也真的很希望棋手们能因此而探求真正的王道围棋，并由此带动中国文化的真正复兴。

　　正所谓：十九路里吟谷歌，三千年外忆清源。

　　愿天佑中华！

茶不好喝，道在哪里？

不知道从什么时候开始，关于日本花道、茶道、香道之类的文章越来越多，各种体验班和培训班也层出不穷，似乎中华大地正上演着一出"道统回传"的大戏。

日本似乎是个非常喜欢形而上的国家，什么东西到了他们那里，都上升成了"道"。除了上面讲的几项，还有弓道、书道、剑道、棋道等等，我想，这里面应该和日本的地理环境、民族特性、历史沿革等各方面都有关系，以后有机会时，也想和大家一起做一些这方面的讨论。

不过，今天我们不谈这个大话题，单独来谈谈"日本茶道"。

我的问题是：大家对日本茶道趋之若鹜，似乎不聊点茶道就有点 low，想必一定有什么东西是很吸引大家的。可是，就我自己的体验而言，那杯（严格说是那小半碗）抹茶已经这么难喝了，剩下能吸引大家的东西，就是"道"了。

那么，道，在哪里呢？

2015年末，因为一些朋友在日本京都醍醐寺学习茶道，她们要去茶道老师自家的茶室参加一次茶会，我也在受邀之列。借着这次机会，算是亲身体验了一次比较正式的日本茶会，对茶道，有了一点近距离的接触。

鉴于各种茶道的文章已经把茶道写得极度唯美、神圣，"和敬清寂"等词已经用滥，所以我不想再从这些角度来谈，我想根据自己的体验，谈谈自己的一些也许是稍带叛逆的直接感受。

茶不好喝，点心太甜，这些就不说了，我的总体感觉是：日本茶道，茶不是重点，道才是关键。整场茶会，对于参与者来说，并不能算是一次享受。

如果茶会不是享受，那是什么呢？嗯，这是个好问题。如果要评价得高大上一点，那是"修行"；如果要讲得直白一点，那叫"折腾"，甚至可以算是遭罪。

下面就简单谈谈经由这次茶会，我对日本茶道中"道"的体会。

首先，日本茶会令人印象深刻，很直观的，就是那一套繁琐的规矩。

参加茶会的主客双方，都有一整套严格的流程，其中包括如何对话、如何动作，其中很多是让中国人觉得难以理解的刻板。

比如，进门该先迈哪只脚，几步走到固定的位置上，手中折扇的朝向应该如何摆放，如何鉴赏茶碗，切甜点的竹签应该如何擦拭，面巾纸又应该如何折叠，主客间在哪个环节应该说哪句话等等，全部都有规定，不能自己自由发挥。

而这些规矩中最有名，我觉得应该就是一碗茶必须要分三口半喝完，不能多，也不能少，而且最后那半口，必须吸出声响来，似乎这并非不雅的举止。面对这样的奇葩规矩，我当时心里响起无数声"OMG……"。

基本上，进入茶席以后，你就不能乱说乱动了，所有的言行，都是有规矩的，都是固化的。我觉得对于很多散漫惯了的中国人来说，在这样的茶会中，肯定会觉得非常压抑。

这种繁琐无趣的规矩，也能算是道么？说好的和敬清寂呢？那种唯美的画面去哪里了？

我觉得吧，规矩本身固然不是道，悟道也不是绝对需要依靠遵循规矩，但是，大部分人，还是需要通过遵守固定的规矩，才能慢慢接近道。那种指望自己在放浪形骸中突然大彻大悟，对绝大部分人来说，只是一个美丽的dream而已。

通过茶会中的一系列规矩，至少我们的动作会逐渐慢下来，心也会慢慢平静下来，有了调柔安宁的身心，才会帮助我们更加容易去接近道。

所以为什么很多日本人喜欢参加茶会，我想很大程度上，就是为了从繁忙的工作生活中脱离出来，在一套看似繁琐无趣的仪式中，暂时安顿一下自己的身心吧。而当你全身心投入茶会的每一个环节时，传说中的和敬清寂，就会自然在你心中呈现，那片刻的宁静与祥和，对许多都市人来说，也算是一种"道"了吧。

其次，茶会中，有很多不错的理念，能让我们得到一种可能是全新的人生领悟。

比如，日本茶道中经常会提到所谓"一期一会"，即每一次茶会都是独一无二的，都是仅有的一次，世界上绝对不可能有两次完全相同的茶会。时间、地点、茶具、点心、人员、景致，乃至心情，从这些方面来看，世界上的确不可能有两次茶会是一样的。

正因为是一期一会，每次接触都是今生仅有的一次，所以每个人都应该珍惜当下的一切，同时，也把握好自己有限的生命，使其变得更加有意义。如果能经由参加茶会而得到上述的领悟，当然也可以算是一定程度的"悟道"了。

最后，日本茶道和佛教禅宗有着非常深厚的渊源。被后世誉为日本茶道开山祖师的村田珠光，就是日本著名禅僧一休和尚的弟子，曾经跟随一休学禅。他对于禅法有所领悟后，就在茶道中融入了禅的元素，逐渐形成了独具特色的日本茶道。

时至如今，日本茶道中到处可以看见禅宗的元素。当今日本抹茶道的三大门派是里千家、表千家、武者小路千家，三家的家元（即掌门人）和迹目（即接班人），都必须要去京都的禅寺中参禅。日本的茶人们认为，只有注重内心的修持，才能真正成为一个优秀的茶人。成为一个茶人，其本质是成为一个修行人，而不是一种谋生的职业。

而在中国的禅宗历史上，和茶也是关系密切（当然，我必须承认，咱中国的茶好喝多了），禅僧们经常喝茶，提倡要体悟"禅茶一味"的境界。而最著名的和喝茶有关的禅宗公案，来自于唐代大禅师赵州和尚。据《五灯会元》所载，这位享寿120岁的开悟者，曾经让不同身份的禅僧都"吃茶去"，以此来指示学人认识自心。从此以

234 心 远 地 自 偏

后，"赵州茶"就成了中国禅宗一则耐人参究的公案。

我记得在参加那次茶会的当天，我的老师四明智广先生也应邀在场。先生就着茶会当时的场景，即席做了一首六言偈，偈曰：

露地草庵道场，一会且坐吃茶。

茶味若同禅味，轮回涅槃空华。

很多人拜读了先生的六言偈后，都有一个问题：茶味如何才能同禅味？是的，这是问题的关键，只有真正明白了这个问题，才算是真正明白了茶之"道"。

想要明白这个问题么？那赶紧泡杯茶，然后，慢慢拿到嘴边，喝一口（小心别烫着），然后问一问自己：喝茶是谁？

怎么样？这个路数是不是很眼熟？我在《王道归来——人机大战第二季观后感》中问过大家：下棋是谁？如果那时你没明白，那就今天继续喝茶，然后问问自己：谁在喝茶？

诗云：

百草神农辨，昭昭此物殊。

清霖犹寂月，碧叶恰凝姝。

举盏千疴散，闻香万虑除。

今酬赵州问，欲饮一杯无？

珍爱生命，远离熊猫

　　关于熊猫，有一则流传至广的段子，说熊猫一生中最大愿望，就是能拍一次彩照。相信不少朋友都看过这个段子，看的时候也都会心一笑了：丫要想拍上彩照，这辈子是没指望了，只能等下辈子投胎别做熊猫，才能满愿了。

　　说实话，我一直很喜欢熊猫，胖乎乎，圆滚滚，很憨厚，很萌。当然了，也可能是小时候和表弟抢毛绒熊猫玩具未果，从此就落下的后遗症，长大以后看着熊猫就感觉不一样。但是同样还有一句实话，我非常讨厌熊猫思维，以及有着熊猫思维的人。

　　什么叫熊猫思维？君不见，萌萌哒的熊猫只有黑白两色，所以所谓的熊猫思维，就是那种非黑即白的思维模式。

　　如果这么说你还不太明白的话，那我举个例子，大家就比较容易清楚。我记得小时候，看电影，看电视，里面出现一个新面孔，我们总是会问大人：这个人是好人还是坏人？这种认为所有的角色，只有好人和坏人两种的思路，就是熊猫思维。当然啦，有时候也不用问，看脸、看装扮就可以。因为那时候的影视剧，好人总是相貌堂堂、气宇轩昂，而且没有任何缺点；坏人则总是獐头鼠目、猥琐不堪，几乎没有任何优点。就像当年著名的小品《主角和配角》里那样，朱时茂浓眉大眼，就应该演正面人物；陈佩斯那样，就应该演个叛徒。哪怕两人最后换了角色，演着演着，还是演到自己原先的气质上去了（没看过这个小品的朋友自己去补课哈，很经典的搞笑小品，值得推荐）。可见，那时不仅是观众，连编导也都是呈现出很明显的熊猫思维。

现在时代不同了，影视剧里不是那么容易分得清好人坏人了，就算能分清，人物的形象也丰满、复杂多了，很少有没有缺点的好人，也很少有没有优点的坏人了。可以说，在对人性复杂性的把握上，现在的编导们做得更好了。就拿之前很热门的《老炮儿》来说，你说六爷和他那帮老哥们，都是好人还是坏人？能简单地以好坏来界定么？乃至小飞、晓波、"话匣子"，几乎每一个角色，都无法简单地以好坏来评判。只能说，他们都是很复杂、很丰满、很立体的人。

不过可惜的是，现实生活中，拥有熊猫思维的人，还是相当多。很多人还是很习惯简单地以是非对错来判断人和事，由此给自己和他人造成的困扰，相当之多。今天，我们就借着一个历史人物，来进一步谈谈关于熊猫思维。

此人，就是大名鼎鼎的文天祥。

提起文天祥，大家心目中都会出现一个高大的英雄形象，自南宋以来，对他的赞誉就从来没有停止过。而他的那两句"人生自古谁无死，留取丹心照汗青"，更是流传甚广，近八百年来，激励和鼓舞了无数的人。

　　大家熟知的，是文天祥忠于故国、坚贞不屈、大义凛然、英勇就义的感人事迹，但是我今天想说的，则是关于文天祥的另外一些少为人知的故事。

　　《宋史》中记载，文天祥"性豪华，平生自奉甚厚，声伎满前"，用现在的话来说，文天祥生活奢华，平日里喜欢享受物欲，讲究吃穿，绝不亏待自己，而且家里唱歌跳舞的养眼美眉一大把。

　　而当元军逼近临安，朝廷号召天下勤王时，文天祥变卖了家产，以充军费，组织军队，积极响应朝廷的号召，入援京师。当然，最终结果大家都知道，他兵败被俘，目睹宋朝灭亡。之后被送到元大都，经历了各种软硬招数，甚至最后元朝皇帝忽必烈亲自劝降，文天祥均不为所动，直至壮烈殉国。

　　"平生自奉甚厚，声伎满前"这两句，可能就和我们心目中的文天祥不一样。一般人认为贪图享乐是缺点，不应该出现在文天祥这样的大英雄、大忠臣身上，但是，偏偏就出现了。而后面的变卖家产以充军费，实在是让人很难理解：他不是喜欢过好日子么？为什么要自讨苦吃，率军勤王，做着吃力不讨好的事情，去挽救那个根本无法挽救的朝廷？

　　至于到了元大都以后的表现，更是让人怀疑文天祥是否是人格分裂。按说一个贪图享受的人，应该是个拜金、现实、物欲至上的人，这样一个人应该很容易屈服于各种软硬兼施，但是，他没有，软硬对他都没有用。无论是高官厚禄的诱惑，还是被关在阴冷潮湿的地牢里，文天祥始终坚持自己的信念，不愿意投降元朝。他是怎么在暗无天日的地牢里熬过好几年的？又是如何经受住元朝皇帝高官厚禄诱惑的？明明投降以后就可以得到自己喜欢的优渥生活，为什么偏偏要选择去死？

答案很简单，这不是什么人格分裂，这是人性的复杂。文天祥固然喜欢奢华的生活，但也不妨碍他同时坚持心中的信念。谁说壮烈殉国的英雄就不能喜欢享受？又是谁规定生活奢侈的人都一定必须是个软蛋？这种想法，就是熊猫思维。

如果说同时兼具喜欢享乐和坚贞不屈的文天祥让你很难理解，那么这样一个文天祥，和他两个弟弟之间的故事，恐怕会更加让你大跌眼镜。

文天祥有三个弟弟，其中三弟文霆早逝，剩下的是二弟文璧和四弟文璋。兄弟三人同样经历了亡国之痛，却在这场大变革中走出了完全不同的人生道路。

文璧比文天祥小一岁。1256年，文天祥考中状元时，文璧也在同年考中进士，开始步入官场。至1276年，元朝大军压境，兵临南宋首都临安城下，谢太后抱着五岁的宋恭帝投降，南宋灭亡。然而，张世杰等一部分大臣在南方设立小朝廷，先后立了两位小皇帝，继续抗争。而元军也继续南下，至1278年冬，元军抵达广东惠州城下，此时，惠州城里最高军政长官，就是文璧。

按说是大宋丞相的亲弟弟，哥哥又是忠贞的典范，文璧似乎应该抵抗到底，誓与惠州城共存亡才对。但是，文璧没有做什么像样的抵抗，而是开城投降了。而当年年底，文天祥再次兵败被俘。

看到这里，也许你已经开始骂文璧是个软蛋，没骨气。但是，文璧自己可不这么看，他有投降的理由。理由一：投降可以不绝宗祀、恪尽孝道。原来文天祥母亲身死他乡，一直没有安葬，需要举灵柩归乡，文璧想保留生命，扶灵回乡安葬母亲。理由二：和元军刚刚入侵南宋时的很多投降派不同，文璧降元之时，临安已经被攻占，南宋实际上已经灭亡，如果坚持抗争，其结果很有可能是全城百姓跟着倒霉，所以，文璧这个惠州最高军政长官，选择开城投降，保全自己和全城军民的性命。

当然，这样的理由，也许无法让那些道德审判者满意，但是他的哥哥，大宋丞相文天祥，却非常体谅他。

降元之后的文璧，被封为临江路总管兼府尹，并被要求去劝降文天祥。文璧因此而和哥哥见了个面，也算是兄弟间的最后话别。哥俩说了些什么，我们无从得知，只知道文天祥"剪发交付其弟文璧，以寄永诀"，并给文璧写了一首诗。从诗的内容来看，他对弟弟降元是相当理解并且宽容的。

在这首名为《寄惠州弟》的诗中，文天祥写道："五十年兄弟，一朝生别离。雁行长已矣，马足远何知？葬骨知无地，论心更有谁？亲丧君自尽，犹子是吾儿。"文天祥希望文璧替本是长子的自己，尽哀痛之情，好好处理好母亲的后事，就如同文璧把自己的孩子过继给文天祥一样（文璧本人替代文天祥，文璧的儿子替代文天祥的儿子）。当然，文天祥也一定知道弟弟已经在元朝做官了，所以也暗含着要弟弟好好服务新朝，为百姓造福的意思。

原来，文天祥自己有两个儿子，但一个早死，一个战乱中失散。于是文璧把自己的一个儿子过继给了文天祥，以继承文天祥的血脉，这个继子叫文升。1281年，文天祥在给文升的信中说："汝生父（文璧）与汝叔（文璋），姑全身以全宗祀，惟忠惟孝，各行其志矣……"在这里，文天祥表明自己为国尽忠，而两个弟弟为家尽孝，都是正确的选择，不存在孰是孰非，更没有要求弟弟们和自己一起去殉国，这份胸襟气度，这份柔软宽厚，不知胜过那些站在道德高地上，充满优越感，进而对他人说三道四的人多少倍。

顺便说一句，文升后来也在元朝做官，做到了集贤直学士，去世后被追封为蜀郡侯。而文升之子文富，也就是文天祥的孙子，也出仕元朝，曾为湖广行省检校官。文天祥若地下有知，也必定不会怪罪。

前面说过，文天祥还有一个四弟叫文璋，当时也跟着二哥文璧降元了。文天祥对此当然是理解并宽容的，而且还提出了另一种人生选择。在给四弟文璋的信中，文天祥说道："我以忠死，仲以孝仕，季也其隐。"仲，指的是老二文璧，季，指的是老幺文璋。文天祥的意思是，我为国尽忠，为大宋死节；你二哥为家尽孝，出仕新朝；而你，小弟，可以选择归隐山林，虽然不抵抗元朝，但也不要做元朝的官，用现在的话来说，算是"非暴力不合作"。文璋听从了兄长的劝告，终身隐居，尽享天年而终。

在大宋灭亡的大背景之下，文天祥三兄弟，或殉国，或投降，或归隐，做出了迥然不同的人生选择。也许这看上去不够给力，或许所谓的"满门忠烈、全家死节"才能让大家热血沸腾、热泪盈眶，但是，这样真的好么？文璧和文璋一定要追随大哥，壮烈殉国，才算是正确的选择么？投降并出仕新朝，就一定是"汉奸卖国贼"么？就一定是软蛋熊包么？或许，这只是熊猫思维而已。

　　如果你有这种非黑即白的思维模式，你会发现自己很多时候无法去理解这个世界，总是拿着是非对错来衡量甚至批判他人，所以往往无法去理解并宽容他人。当然，你也会因此而让人产生很多烦恼乃至痛苦，而你自己的心情，一般来说也不会好到哪里去。

　　所以，请珍爱生命，远离熊猫。